Mutter, du bist peinlich!

AF282452

Gewidmet
meinen Spielplatzkindern und Pappenheimern

Mein herzlicher Dank für ihre Unterstützung gilt
meinem Mann, meinen Töchtern, Silke, Sylvia und
Ihnen, liebe Freundin.

Brigitte Plehn

Mutter, du bist peinlich!

und

Bonn war schön, Krefeld ist das Leben

Bibliografische Information der Deutschen Nationalbibliothek
Die Deutsche Nationalbibliothek verzeichnet diese Publikation in der
Deutschen Nationalbibliografie; detaillierte bibliografische Daten sind
im Internet über http://dnb.d-nb.de abrufbar.

© 2012 Brigitte Plehn
Abbildung Seite 7
Rita Liebschwager, Krefeld

Satz, Umschlaggestaltung, Herstellung und Verlag:
BoD – Books on Demand
ISBN 978-3-8448-3900-5

Inhalt

Ein Wort vorneweg

Meine Familie besteht seit vielen Jahren aus meinem Ehemann und mir, zwei Töchtern, drei Meerschweinchen und keinem Hund. Ach ja und dann gibt es noch ein hilfloses Auto, das – anders als der Rest der Familie – auf dem Parkstreifen vor dem Haus wohnt und dort den Gefahren der Straße hilflos ausgeliefert ist.

Meine Familie und die Gefahren der Straße

Ich selbst bin heute in einem Alter, in dem die jungen Männer wieder auf mich schauen, d. h., wenn unsere zwei Mädchen an meiner Seite gehen. Weil unsere Töchter so gut wie erwachsen sind, ist die Mutter in mir nur noch halbtags tätig. Zugegebenermaßen bliebe jetzt mehr Zeit für die mittelmäßige Hausfrau und auch mehr

Zeit für meine freiberufliche Tätigkeit, Sachbuchvorstellungen für die Fachzeitschrift eines Verlags zu schreiben, der eigentlich keiner ist... .

Doch viel lieber schlüpfe ich in die Rolle einer Geschichtenschreiberin, die auf ihr Leben schaut. Auf den ersten Blick erscheint dieses zwar harmonisch, aber auch unaufgeregt und wenig spektakulär. Der zweite Blick jedoch entdeckt die vielen ungewöhnlichen, merkwürdigen, traurigen oder auch lustigen Erlebnisse in meinem Dasein, die mir zugleich Antwort auf schwierige Lebensfragen gaben, beispielsweise: Wann sind Mütter peinlich? Was sagt man dem Punk, der die Straßenbahnwand beschmiert? Und wie bringt eine Frau die Männerwelt zum Schweigen, wenn sie schlecht eingeparkt hat? (Teil 1 – Mutter, du bist (nicht nur) peinlich!)

Meine schwierigste Frage aber war, wie ich aus einem Ort, an dem immer wieder Junkies, Randalierer und »Partymacher« abhängen und tagsüber wie nachts ihrer »Arbeit« nachgehen, wieder einen Spielplatz für kleine und mittelgroße Menschen machen kann (Teil 2 – Bonn war schön, Krefeld ist das Leben).

Von all diesem will ich Ihnen nun in »Meine(n) wahren und nur manchmal etwas unwahren Geschichten« erzählen.

Ihre Brigitte Plehn

Teil 1 – Mutter, du bist (nicht nur) peinlich!

Ein Punk, ja! – aber kein Mann

Ich war jung. Und ich war Studentin an der Technischen Hochschule in Aachen. Und meine Selbstständigkeit begann damit, dass ich bei meinen Eltern auszog, mich in einen Studenten verliebte und auf dem Rathausplatz, dem Dreh- und Angelpunkt der Aachener, der Touristen, der Punks und der Obdachlosen in einer kleinen Pommes- und Würstchenlokalität mein Geld für mein neues Leben verdiente: freitags und samstags jeweils von 22.00 Uhr des einen Tages bis um 1.00 Uhr in der Frühe des folgenden Tages – und zwar allein. Etwas vor Ladenschluss kam dann mein Freund und mit ihm gemeinsam putzte und schrubbte ich müde noch für etwa zwei Stunden die fettigen Geräte, die fettige Theke, die fettigen Tische und den fettigen Fußboden, um dann noch müder – von ihm begleitet und beschützt – mit dem Fahrrad in mein Studentenwohnheim zu radeln, tschüss zu sagen und dann ganz und gar müde, und selbst noch etwas fettig, ohne Dusche in mein Bett zu fallen.

Dass es in der kleinen Imbissstube eine Neue gab, die vom wahren Leben noch nicht viel Ahnung hatte, sprach sich offensichtlich bei denjenigen Gästen rasch herum, die ihre Pommes mit Majo und Currywurst nur ungern und am liebsten gar nicht bezahlen. Sie bestahlen mich, sie betrogen mich, doch jeweils nur einmal pro Masche, denn dann hatte ich begriffen, wo der Hase lang lief. Es war also nur eine Frage der Zeit, bis den Betrügern, den Lügnern und den Kleinkriminellen die Tricks ausgingen. Ab da stimmte meine Kasse…

Eines Abends stürmte ein vielleicht 16-jähriger Punk in die ansonsten leere Imbissstube und verlangte – ohne Gruß – ziemlich unfreundlich, meine griechische Kollegin zu sprechen. »Die ist nur unter der Woche nachmittags bis abends da«, klärte ich den mit Ketten um die Hüften und Ringen in den Nasenlöchern verzierten Jugendlichen auf. »Kann ich ihr was ausrichten?«, fragte ich noch harmlos von meiner Seite der langen, niedrigen Theke aus. »Nein«, wehrte der Punk genervt ab, »ich will ihr nur eins in die Fresse hauen!« Dabei hob er die rechte Faust und boxte in meine Richtung in die Luft. »Wie bitte!«, ich war in gleicher Weise überrascht und empört. Zugleich klärte ich blitzschnell für mich, ob ich mit meinen 1,57 m und 44 Kilos vor diesem schlaglustigen Bürschchen Angst haben müsse. Ich beschloss, trotz Kloß im Hals, mich unerschrocken zu zeigen. So fragte ich nur: »Warum das denn??« »Sie hat gestern die Polizei geholt, obwohl ich gar nichts gemacht habe!« Das konnte ich mir kaum vorstellen. »Sie muss sich aber bedroht gefühlt haben. So ohne weiteres ruft man nicht die Polizei.« Mein Zweifel war deutlich. Dennoch beharrte der Punk auf seiner Unschuld. Die Polizei hätte ihn sogar mit auf die Wache genommen und dafür würde meine Kollegin eins in die Fresse kriegen. Lange standen wir uns an der

Verkaufstheke gegenüber. Währenddessen wurde ich immer mutiger und versuchte, den Jugendlichen mit allen nur möglichen Argumenten von seinem Vorhaben abzubringen, doch er beharrte stur darauf, seine Drohung wahr zu machen.

Mittlerweile war viel Zeit vergangen und ich wollte endlich die Diskussion beenden. Außerdem hatte ich mein ganzes Pulver an Argumenten und Gründen dafür verschossen, warum – wem auch immer – »eins in die Fresse hauen« völlig inakzeptabel sei.

Plötzlich fiel mir etwas ein, was meine Brüder von meiner Mutter hörten, wenn es Handgreiflichkeiten mit einer Schwester gab. »Du, als Mann, kannst unmöglich eine Frau schlagen!« Von diesem Satz versprach ich mir gar nichts, doch der eben noch auf kampfstark machende Teenager klappte irgendwie zusammen und brachte dann verschämt und mit leiser Stimme hervor: »Ich bin kein Mann.« »Mmmmhhhhh??!«, zunächst glaubte ich, nicht richtig gehört zu haben. Doch schnell kriegte ich mich wieder in den Griff und fragte nun schmunzelnd: »Was bist du denn?« »Ich bin ein Jugendlicher, ein Punk.« Fast hätte ich laut aufgelacht. Das Bekenntnis dieses Punks war ebenso komisch wie traurig. Ich schaute in seine Augen und sah jetzt einen alleingelassenen, gekränkten, sehr jungen Mann, den seine vermutlich halbwegs gute Erziehung eingeholt hatte. Und noch etwas las ich in seinem Gesicht: Er gab klein bei. Der Racheakt gegen die junge griechische Kollegin war vom Tisch.

Ohne ein weiteres Wort und ohne einen Abschied verließ daraufhin der Punk-Jüngling, der in der Tat noch kein richtiger Mann war, mit hängendem Kopf meine immer noch leere Imbissstube.

Leider habe ich ihn nicht wiedergesehen. Ich glaube, dass ich mich mit ihm gerne noch einmal unterhalten hätte.

Trauern (un)erwünscht

Wie an manchen Freitagen meiner Studienzeit saß ich auch an diesem in einem der bummeligen Züge, die von Örtchen zu Örtchen rollen, um dann irgendwann an einem der grauen, kleinen Bahnhöfe auszusteigen und mal wieder meine Eltern für ein Wochenende zu besuchen.

In Gedanken war ich noch an meinem Studienort, als ein Geräusch meine Aufmerksamkeit in den Wagen zurückholte. Ich lauschte am Lärm des fahrenden Zuges vorbei in die Stille des Abteils hinein: Weinte da nicht eine Frau in der Sitzgruppe vor mir? Spontan wollte ich nach der Weinenden sehen, da fiel mir der gute Ratschlag eines Freundes ein: »Misch dich nicht ewig ein! Lass mal die Leute in Ruhe! Du belästigst nur!« Das war starker Tobak! Diese Mahnungen stellten das von meinen Eltern gelernte »Sich-Um-Andere-Kümmern« in Frage und verunsicherte mich als Zwanzigjährige so, dass ich sitzen blieb.

Erst als ich sah, dass zwei Frauen auf der gegenüberliegenden Wagenseite ohne Skrupel die Traurige mit ihren Blicken belästigten, schob ich diesen wohl eher nur gut gemeinten als guten Ratschlag beiseite, stand auf, machte acht Schritte und setzte mich neben eine etwa 50-Jährige, die in ihr Taschentuch hineinweinte. Eine Weile schwieg ich, dann sagte ich vorsichtig fragend: »Sie weinen?« Die Frau schüttelte den Kopf als Zeichen dafür, dass sie nicht sprechen wolle, doch im nächsten Atemzug erzählte sie. Ihre Mutter sei vor zwei Tagen verstorben, das sei schlimm. Doch ebenso schlimm sei, dass sie nicht um sie trauern dürfe. Ihr Mann mache ihr Vorhaltungen, dass dies albern sei und außerdem lächerlich. Sie sei schließlich kein kleines Kind mehr.

Sofort war mein Protest geweckt. Was für eine gefühlskalte Reaktion! In meiner Entrüstung suchte ich nach Worten, die der Dame helfen konnten. »Ich möchte Ihnen eine kleine Geschichte erzählen«, sagte ich und schaute aufmunternd zu der Frau, die sich jetzt mit dem Taschentuch die Tränen trocknete und sich mir mit verweinten Augen zuwandte. Die neugierigen Personen von gegenüber dagegen drehten ihre Gesichter weg, brachten ihre Ohren jedoch in Lauscherstellung. Und so begann ich:

»Mit einem eleganten Hut ist alles möglich«, sagte nicht unfreundlich, aber ein wenig herablassend der Verkäufer zu der jungen Kundin, die gerade zaghaft einen extravaganten Hut in der teuren Hut-Boutique probierte. Sein abschätzender, leicht belustigter Blick auf ihr etwas abgewetztes, ärmlich wirkendes Kostüm entging ihr nicht und verunsicherte sie noch weiter, zugleich aber bestärkte es sie in dem Wunsch, endlich einmal etwas zu besitzen, was sie mit Stolz vorzeigen konnte. So gab sie einen leichtsinnig hohen Betrag ihres recht überschaubaren Vermögens für diesen Hut aus, setzte ihn auf und verließ den Laden. Ihr Weg nach Hause führte auch am Friedhof des Ortes vorbei. Als sie an der halbhohen Friedhofsmauer aus roten Backsteinen entlangging, wurde dahinter gerade der Eigentümer einer großen ortsansässigen Plastikfabrik zu Grabe getragen. Der Tote war ein unangenehmer Mensch gewesen, der Höflichkeit gegenüber anderen in seinem Leben eher selten gezeigt hatte, geschweige denn Freundlichkeit. Vielleicht war es kein Zufall, dass sich das Wetter an seinem Beerdigungstag so gab wie sein Leben gewesen war – ungemütlich und kalt. Sogar der Wind kam stürmisch daher und trieb böse Scherze. Mit einer Windbö griff er der jungen Frau unter den breiten Hutrand, hob das teure Stück hoch und trug es – zu ihrem Entsetzen – über die Mauer hinweg geradewegs in das offene Grab. »Mein Hut!«, ihre Lippen formten stumm diese Worte als sie auf den Friedhof eilte und ihre Arme verzweifelt Richtung Grab streckte. Ihr Hut, ihr ganzes kleines Vermögen, war mit einem Windstoß dahin. Während sie noch außer sich war und Tränen immer schneller ihre Wangen hinunterliefen, trat aus der Menge der vornehmen und von der Beerdigung dieses Toten wenig beeindruckten Verwandtschaft ein distinguierter Herr auf sie zu. Mit einer Hand berührte er ihren Arm und tätschelte ihn. »Ist ja gut«, redete er in beruhigendem Ton auf sie ein. »Es wird alles wieder gut.« Kurz darauf verabschiedete er sich von ihr, jedoch mit der Bitte, am nächsten Tag zur Testamentseröffnung zu kommen. »Ich bin der Notar des Verstorbenen und erwarte Sie«, fügte er erklärend hinzu.

Am nächsten Tag empfing die versammelte Verwandtschaft die junge Frau mit bösen Blicken zur Testamentseröffnung, so als wäre sie eine Erbschleicherin. Der Notar jedoch bat sie, Platz zu nehmen, dann entfaltete er das Testament. »Werte Anverwandte«, so las er die ersten Zeilen, »ich habe weder Frau noch Kinder, die um mich trauern und denen ich zum Trost mein Vermögen hinterlassen könnte. Ihr hättet meine Familie sein können, doch ihr habt mich gemieden, mich von euren Festen ferngehalten und jetzt seid ihr gekommen, nicht um mich zu beweinen, sondern um zu erben. Doch so soll es nicht sein. Ich vermache deshalb ausschließlich demjenigen mein gesamtes Vermögen, der an meinem Grab aufrichtig weint.« Bei diesen Worten schaute der Notar zu der jungen Frau und lächelte ihr aufmunternd zu.

»Der Hutverkäufer hat also Recht behalten«, sagte ich fast triumphierend, denn ich war begeistert von dem Verlauf der Geschichte und auch meine Zuhörerin guckte jetzt munterer. »Der Hut hat hier ein Leben komplett verändert. Doch was will uns diese Geschichte noch sagen?«, damit wollte ich zu meiner tröstenden Botschaft kommen, wusste aber, dass ich sie ein bisschen an den Haaren herbeiziehen musste: »Diese Geschichte sagt uns, dass Ihr Mann Unrecht hat«, behauptete ich mutig. »Jeder – selbst dieser unerfreuliche Fabrikant – möchte, dass jemand um die eigene Person trauert. Und wie traurig wäre Ihre Mutter, wenn nicht einmal die Tochter um sie weinen würde?«, setzte ich energisch hinterher. Bei diesen Worten drehten die Neugierigen von gegenüber spontan ihre Köpfe und – ich stellte es erleichtert fest –

nickten der Trauernden freundlich und bestätigend zu. Da lächelte die Dame neben mir, ihre Augen blinkten.

Als ich schließlich an einem der grauen, kleinen Bahnhöfe aussteigen musste, lehnte sich eine Frau, die froh war, dass sie traurig sein durfte, noch lange aus einem der Bummelzugfenster und winkte und winkte.

Studentenwohnheim-Geschichten
Meine Hinterlassenschaft

Als ich Bonn mit Sack und Pack, Kind und Ehemann verließ, um in Krefeld die nächsten Jahre zu Hause zu sein, war mir bewusst, dass Bonn mir viele, sehr glückliche Jahre geschenkt hatte. Doch auch ich ging nicht, ohne dieser Stadt etwas zu hinterlassen – einerseits ein Klettergerüst für den Spielplatz in unserem Wohnviertel und andererseits ... nun ja, die Geschichte beginnt in einem Studentenwohnheim mit sieben Stockwerken.

Neun Quadratmeter im obersten, im 7. Stock maß mein Eckzimmer im Studentenwohnheim - das ich nach meinem Studienortwechsel von Aachen nach Bonn - unter dem Namen »Brigitte von 716« bewohnte. Hier lernte ich. Hier schlief ich und putze mir zweimal täglich am Waschbecken die Zähne, manchmal sogar zu zweit.

Für Studenten mit schmalem Budget und geringen Ansprüchen ließ es sich dort preiswert und eigentlich recht gut leben. Auch Scharen von Schimmelpilzen und ihre Sporen fühlten sich dort wohl. Sie wohnten sichtbar und unsichtbar in den teilweise feuchten Mauern des greisen Wohnheims. Niemand störte sich an den schimmeligen Mitbewohnern: das Studentenwerk nicht, das ihm Geld gebende Ministerium in Düsseldorf nicht. Nur die Studenten störte das, doch das störte wiederum niemanden.

Alles sollte sich schlagartig ändern, als jenes Ostern kam. Am Tag, an dem der deutsche Teil des Wohnheims - also auch ich - zu seinen Eltern in den Kurzurlaub fuhr und damit die Etagenküchen und Gemeinschaftsräume kampflos in die Hand des Nahen und Mittleren Ostens übergingen, sorgte ich dafür, dass alle meine Pflanzen, die Vernachlässigung und Dürre während des Semesters überlebt hatten, jetzt nicht während meines Urlaubs an Wassermangel starben. Insbesondere einen schnell wachsenden, ewig durstigen Papyrus setzte ich in einen großen Eimer mit viel Wasser in mein Zimmer. Dann schloss ich das Fenster und die Zimmertür und verließ für zehn Tage diesen Wohnturm.

Ostern verwöhnte ganz Deutschland mit Sonne und fast heißen Temperaturen, sodass ich nur ungern meine Eltern, und insbesondere meinen Liegestuhl im Garten, verließ. Es war ein heißer Montagvormittag, als ich wieder das Wohnheim und die 7. Etage betrat.

Dann holte ich meinen Zimmerschlüssel hervor, drückte die Klinke herunter, öffnete die Zimmertür und … blieb geblendet stehen. Ein feines, aber dichtes Weiß überzog in meinem Zimmer alles, was irgendwie mit Stoff zu tun hatte: die blauen, nun weißen Gardinen, das hässlich braungemusterte Sofa mit seinen Kissen, der blaugepolsterte Schreibtischstuhl, meine Handtücher am Waschbecken, alles war weiß und – als ich den Kleiderschrank öffnete – meine Kleider, insbesondere die, die auf der Stange hingen, waren nun von oben bis unten in einen Pelz aus zarten weißen Fädchen gehüllt.

Zunächst weigerte ich mich zu glauben, was ich sah – Schimmelpilzrasen in seiner reinsten, vollendetsten Form. Nur langsam begriff ich, in was für Verhältnissen ich gewohnt hatte. Hastig startete ich daraufhin meine Alarm-Hilfe-Rettungs-Aktion und rief die Studentenvertreter meines Wohnheims an, die die Nachricht weitergaben. Bereits eine Stunde später standen Vertreter des Studentenwerks und des ihm Geld gebenden Ministeriums vor dem Naturschauspiel in meinem Zimmer und waren erstaunt, verblüfft und schlicht entsetzt. Ein Kluger unter ihnen stellte schließlich genau die richtige Frage, die Frage, die ich befürchtet hatte. »Neben Hitze und Sporen braucht es doch auch Wasser, um so etwas zustande zu bringen. Wo kann denn hier Wasser hergekommen sein?« Vorwurfsvoll schaute ich zu meinem Papyrus. Der jedoch stand jetzt nicht mehr in meinem Zimmer, sondern mit harmloser Miene im Etagenflur und tat so, als wisse er von nichts. Da der Papyrus beharrlich schwieg, bekam der Kluge auf seine Frage keine Antwort.

Das Schimmelzimmer war für mich zunächst eine Katastrophe, denn es machte mich ohne Vorwarnung wohnungslos. Die übrigen Wohnheimbewohner rieben sich jedoch die Hände und lachten sich – ich sag mal – schimmelig, weil die Schimmelpilztage nun angezählt waren. Innerhalb von nur vier Tagen fand nämlich das Geld gebende Ministerium das, was es zuvor angeblich nie besessen hatte: zwei Millionen D-Mark für meine zweite Hinterlassenschaft, eine komplett neue, dichte Außenfassade. In welcher Schublade dieses Geld plötzlich gelegen hat, das ist die Frage, auf die ich im Gegenzug keine Antwort erhalten habe.

Die Kür des schönsten Männerbeins

Warum und wann ich die Idee hatte, das schönste Männerbein des Wohnheims küren zu lassen, darüber kann ich heute nur noch spekulieren. Vielleicht inspirierte mich irgendeine Miss-, Schönheits- oder Modelwahl dazu, nicht nur den Männern den Anblick schöner Frauen zu gönnen, sondern auch mal das männliche Geschlecht auf die Bühne zu bitten. Kaum hatte ich die Idee einmal ausgesprochen, wurde sie begeistert von den weiblichen Machern des Hauses aufgegriffen und kurzfristig buchstäblich auf die Beine gestellt.

Es war kurz vor Ostern, als die mutigsten der männlichen Hausbewohner auf der Bühne des großen Gemeinschaftsraumes hinter den zugezogenen Vorhängen auf die Minute warteten, da jeder sein nacktes Bein durch einen Vorhangspalt der studentischen Damenwelt präsentieren durfte und auf tiefgreifenden Eindruck bei den Frauen hoffte. Wir Studentinnen dagegen saßen als Publikum und Jury vor der Bühne.

Musik, irgendetwas Rockiges, Männliches dröhnte durch den Raum und stimmte auf den Auftritt des ersten, etwas mageren Beines ein. Obwohl die männlichen

Darsteller bewusst anonym blieben, kam das Bein etwas verschämt durch den Vorhangschlitz und drehte sich zögerlich nach links und rechts. Ein ebenso zaghaftes Kichern ging durch die Reihen der Frauen, zugleich jedoch kam wohlwollender Beifall auf, denn so viel Mut musste belohnt werden. Das Klatschen war Anerkennung und Bewertung zugleich: viel Applaus...schönes Bein, wenig Applaus... nun ja!

Das zweite Bein war schon mutiger in seiner Präsentation und probierte einige wilde Verrenkungen zum Rhythmus von Satisfaction, die das Kichern des Publikums weiter steigerten. Bei den dann folgenden Beinen schließlich ließen wir Juroren nach und nach alle Skrupel fallen und am Schluss lachten wir nur noch laut und hemmungslos, wobei ich fast von meinem Stuhl fiel, so brachten mich die Darbietungen der Beine aus dem Gleichgewicht. Ein mittelmäßiges Männerbein war mit dem Applaus offensichtlich unzufrieden und wollte ihn noch steigern, denn es hörte gar nicht auf zu tanzen und zu schlenkern. Schließlich wurde es von der männlichen Konkurrenz grob hinter den Vorhang zurückgerissen. Für einen Moment brach Backstage ein Tumult aus.

Und dann kam ein Bein durch den Schlitz, das einen Moment andächtigen Schweigens und danach begeisterten Applaus auslöste: braun gebrannt, Muskeln bis zum Abwinken, dabei wohl geformt. Das Bein gehörte einem Supersportler aus dem Bekanntenkreis von meinem Freund und mir, wie ich richtig vermutete, damit war es gleich zweifach mein Lieblingsbein. Sein Auftritt war ohne Zweifel ein Höhepunkt, doch ich wusste, dass der Titel noch nicht in trockenen Tüchern war. Eine Kommilitonin, die allen männlichen Vorurteilen zum Trotz, lange, rot lackierte Fingernägel und eine große geistige Beweglichkeit in naturwissenschaftlichen Fächern unter einen Hut brachte, schickte ihren nicht minder gut gebauten, Sport begeisterten Freund auf die Bühne. Auch sein Bein war atemraubend und es erhielt so viel Beifall, dass ein echter Sieger nicht eindeutig bestimmt werden konnte. Erwartungsgemäß kam es zum Duell zwischen den zwei Sportlern um den Titel »Mann mit den schönsten Beinen«. Mit dem endgültigen Ausgang war ich am Ende sehr zufrieden. Das Bein unseres Supersportlers hatte sich knapp, aber dennoch durchgesetzt.

Erst viele Jahre später erzählte mir der Mann mit den schönsten Wohnheimbeinen, dass den lautesten Seufzer angesichts so vieler wohl geformter Muskeln er unerwarteterweise nicht von einer Frau, sondern einem männlichen Etagenbewohner zu hören bekommen hatte. Als Grieche war dieser eher kleinwüchsig, außerdem im Gesicht schon ein wenig verknauscht, er hatte aber den großen Wunsch, nicht nur einer, sondern am liebsten vielen Frauen zu gefallen: »Du siehst aus wie Adonis und machst gar nichts damit«, warf er meinem Supersportler vor. Seufzend fügte er hinzu: »Ach, hätte ich nur deinen Körper, ich könnte soooo viele Frauen haben!«

Die Männer mordende Terroristin

Nachdem mein verschimmeltes Zimmer im 7. Stock meines Studentenwohnheims umfangreich entschimmelt und schön gemacht worden war, durfte ich dort wieder einziehen. Die Schimmelpilze in den feuchten Hauswänden dagegen wurden zum Ausziehen genötigt, denn das greise Studentenwohnheim sollte eine neue Außenfassade erhalten. Dazu wurde das Haus von oben bis unten eingerüstet. Tagsüber turnten die Arbeiter auf dem Gerüst herum und interessierten sich – zumindest dem Augenschein nach – nur für die neue Außenfassade. Mit Einbruch der Dunkelheit wechselte jedoch die Belegschaft. Die neuen Personen waren vom Haus und gingen dem Fensterln nach: Heimlich schlichen sie auf dem Gerüst herum und heimlich schauten sie durch die Fenster in die Zimmer der Studentinnen, um einen Blick auf das zu ergattern, was eine verschlossene Zimmertür ihnen ansonsten verweigerte. Auch der Frauen liebende Grieche war unterwegs und das, was er im Zimmer 715 neben meinem zu sehen bekam, genügte, um der 7. Etage sein spezielles Interesse zu schenken. Eines sonnigen Nachmittags verließ ich mit zwei Etagenbewohnern und dem Griechen zusammen den Aufzug im 7. Stock. Auf dem Flur stand meine Nachbarin von 715. Überraschenderweise war sie nur leicht bekleidet, hielt irgendein Stöfflein vor den nackten Oberkörper und sagte, dass sie jemanden suche, der ihren Rücken mit Sonnencreme einreibe. Noch bevor die beiden Etagenbewohner die Möglichkeiten dieser Situation richtig begriffen hatten und ihre Dienste anbieten konnten, hatte der Grieche mit dem speziellen Interesse bereits hilfsbereit zugesagt. Während meine Nachbarin ihm die Creme reichte, rutschte das Stöfflein »versehentlich« etwas tiefer, was mich veranlasste, mich dezent zu entfernen.

Tage später war die Hilfsbereitschaft des Griechen und seine Entlohnung Thema im Gemeinschaftsraum. Die Frage an mich, was die Frau von 715 studiere, konnte ich leicht beantworten: »Das, was wir Frauen im Haus als Nebenfach belegt haben, hat sie als Hauptfach gewählt – das Studium der Männerwelt.«

Diese lebenslustige, vielleicht auch liebesbedürftige Nachbarin wohnte nur kurz im Haus. Eines Tages war sie ausgezogen und kein Hahn – außer dem Griechen, der ein gebrochenes Herz zu Grabe trug – schien nach ihr zu krähen. Wenige Wochen später jedoch erhielt unsere Etage Besuch, der sich dann doch für die Studentin interessierte. Die zwei einfach gekleideten Männer stellten einfache Fragen: Wie lange meine Nachbarin im Haus gewohnt und mit wem sie Kontakt gehabt habe, wollten sie wissen. Ob sie Vorlesungen gehört habe und wer zu Besuch gekommen sei. Nur langsam begriff ich, dass hier Ermittler in Zivil vor uns standen, die die Studentenwohnheime durchkämmten auf der Suche nach RAF-Terroristen der so genannten zweiten Generation.

Dass dies möglich war, wusste ich von einer Bekannten. Sie war von solch unauffälligen Leuten besucht worden. Nach unangenehmen Fragen gaben diese ihr ihren gestohlenen Personalausweis wieder, der nach der Festnahme einer solchen RAF-Terroristin in deren

Handtasche gefunden worden war. Amüsiert, aber überzeugend verteidigte ich unsere ehemalige Mitbewohnerin: »Männerherzen mordend war sie, ja! – aber keine Terroristin.«

Hausfrau steuert Boeing 737

»Hausfrau steuert Boeing 737«, eine Schlagzeile, die der Wildzeitung würdig wäre«, dachte ich und lächelte für einen kurzen Augenblick breit, als ich an den Vortag dachte. »Insbesondere ist diese Nachricht nicht nur reißerisch, sondern auch noch wahr«, spann ich meinen Gedanken weiter, während mein Lächeln noch breiter wurde, denn schließlich hatte ich, eine Frau mit nur mittelmäßigem Talent in der Haushaltsführung und völliger Unkenntnis im Steuern eines Flugzeugs, am gestrigen Spätherbsttag im Cockpit einer Boeing 737 Platz genommen. Mein Auftrag: in Kürze einen Flug – ohne Passagiere – von diesem kleinen, deutschen Flughafen nach Genf in die Schweiz zu steuern.

Der Chef und Teilhaber an einer Vielzahl an Flugzeugen auf diesem Gelände hatte mir den Flug angeboten und in einem Moment von Abenteuerlust und Leichtsinn war ich ihm hierhin gefolgt, wo er mir den Sitz des Kapitäns zuwies. So wie ein Schwall eiskalten Wassers kurz nach einer warmen Dusche den Körper vom Glücksgefühl in einen Schock- und Starrezustand abstürzen lässt, so stürzte – kaum dass ich im Kapitänssessel saß – mein Größenwahn ab in von Angst getriebene Zweifel. Der Chef über etliche Flugzeuge blickte in mein verängstigtes Gesicht: »Keine Sorge, ich stelle einen fähigen und im Fliegen erfahrenen Mann an Ihre Seite. Außerdem gibt es noch so etwas wie einen Autopiloten.« Das war alles, was ich an Trost von ihm erhielt, dann ließ er mich allein.

»Wir können gleich den Vogel fliegen lassen. Ham`se das schon mal gemacht?«, der versprochene, im Fliegen erfahrene Mann hatte unbemerkt das Cockpit betreten und ließ sich nun genüsslich auf dem Ledersitz des Copiloten neben mir nieder. Als ich stumm den Kopf schüttelte, gab sich der erfahrene Mann unerwartet locker und gelassen. »So, die Starterlaubnis haben wir jetzt. Es geht los. Drücken Sie mal diese zwei Knöpfe...«, der erfahrene Mann übernahm die Führung, was mir mehr als recht war. Während das Flugzeug zur Startbahn rollte, überdachte ich nochmal diesen Irrwitz. In meinem Hirn suchte ich nach vergleichbaren Fällen, wo eine im Fliegen unerfahrene Person sich auf ein solches Abenteuer eingelassen hatte. Leider fiel mir nur Ikarus ein, ein junger Grieche, der – der Sage nach – mit von Hand gefertigten Flügeln seinen ersten Flug Richtung Sonne unternahm. Unerfahren wie er war, unterschätzte er die zerstörerische Kraft der Sonnenhitze auf seine Flügel. So endete sein Höhenflug mit dem Absturz – ein Schicksal, das ich nicht teilen wollte, obwohl meine Selbstüberschätzung vermutlich nicht geringer war.

Mittlerweile war der sonnige, aber kühle Samstag fortgeschritten. Es dunkelte bereits stark, als die Boeing sich der Startbahn näherte. Um meine Fantasie von Ikarus Höhenflug abzulenken, schaute ich nach draußen, während der erfahrene Mann Hebel bediente, Knöpfe drückte … dann sah ich die Startbahn, links und rechts von unzähligen kleinen Lichtern eingerahmt. Einen Moment ließ ich mich von diesem herrlichen Anblick einfangen. Jetzt kam ich mir wie ein König vor, dem zu Ehren ein Teppich aus Licht ausgerollt worden war. »Nun brauchen wir Schub…hier, bedienen Sie mal.…« Mein Copilot hatte offensichtlich kein Verständnis für entzückte Betrachtungen. »Der Vogel muss in die Luft.« Seufzend folgte ich seinen Anweisungen: Der Flieger beschleunigte, raste die Startbahn entlang und hob schließlich die Schnauze tatsächlich Richtung Dunkelheit.

Jetzt war es passiert. Mein persönlicher Ikarusflug hatte begonnen. Die Abenteuerlust hatte sich nun ganz davon gemacht und nur meine Angst war geblieben. Ich schaute zum Copiloten. Der hatte das Knöpfchendrücken und Hebelchenschieben aufgegeben und saß völlig ruhig neben mir. Die Angst in meinen Augen verstand er genau richtig: »Alles klar!«, nickte er, »Wir fliegen zur Zeit mit dem Autopiloten.«

Bald schon kam die dunkle Wasserfläche des Genfer Sees in Sicht. An seinem Südufer drängten sich viele Lichtpunkte, die die Stadt Genf ahnen ließen. Und dann sah ich das Wahrzeichen der Stadt – die von Licht durchflutete Wasserfontäne. Seit mehr als einem Jahrhundert wird sie nicht müde, das Wasser des Sees bis zu 140 Meter in die Höhe zu schießen. »Wir machen jetzt etwas Besonderes, passen Sie auf!« Der erfahrene Mann übernahm wieder die Steuerung. Die Boeing senkte ihre Schnauze und nahm im Steilflug Kurs Richtung Wasserfontäne.

»Sie wollen doch nicht etwa...?«, meine Stimme stockte, denn ich konnte kaum glauben, was ich sah. »Doch, ich will!«, sagte mein Copilot und lenkte die Boeing im Tiefflug... mitten durch den aufsteigenden Wasserstrahl. »Wie ist das möglich?!« Mein Erstaunen überging der erfahrene Mann, trocken erklärte er: »Gute Frau, in einem Flugsimulator ist so gut wie alles möglich!«

»Deutsche Familie für italienisches Fernsehen, ja?«

Wo der Mann hergekommen war, hatten weder mein Mann noch ich mitbekommen. Plötzlich stand er vor uns auf der Wiese und hielt eine Filmkamera auf uns gerichtet.

Es war ein sonniger Sonntagnachmittag und überraschenderweise war die schöne Parkanlage am Rhein mit ihren großen Wiesen, Spielplätzen und Teichanlagen fast leer. Vermutlich tummelten sich die Familien und Studenten in den Freibädern und kämpften dort den immer gleichen Kampf um das Zipfelchen Wiese oder Bank, das nötig ist, um ein Handtuch auszubreiten und darauf den Nachwuchs abzulegen oder den Traumkörper Richtung Sonne zu dekorieren.

Meine Familie und ich hatten uns an einem einsamen Eisauto in den Rheinauen vier Eis gekauft und saßen nun nichts ahnend im Gras: Vermutlich gaben wir ein schönes Bild ab, sodass der Fernsehmann die Kamera auf uns hielt: auf mich mit meinem weiß gepunkteten roten Overall, in der rechten Hand ein Zitrone-Vanille-Eis, im linken Arm unsere eineinhalbjährige kleine Tochter, die mit einer tropfenden Kugel Schokoladeneis kämpfte, daneben unsere Dreijährige im bunten Kleidchen und rechts von mir mein gut gelaunter Mann. »Deutsche Familie für italienisches Fernsehen, ja?«, radebrechte der Kameramann. Mein Mann und ich verstanden nicht sofort, schließlich riss er uns aus unserer Picknickidylle. Doch geduldig wiederholte er seine leicht holprige Frage. Zu träge, um nein zu sagen, nickten wir notgedrungen mit dem Kopf. Die Kamera machte daraufhin einen Schwenk, um die ganze Familie zu erfassen. Dann kamen offensichtlich ein paar Nahaufnahmen von unseren kleinen Töchtern, anschließend von der Mutter und zuletzt vom Ehemann und Vater. Diese Szene hatte nur knapp drei Minuten gedauert, dann verschwand der Unbekannte mit einem kurzen Dank und einem noch kürzeren Gruß. Erst zu Hause fiel meinem Mann ein, dass wir die Gretchenfragen nicht gestellt hatten, die Fragen nach dem »Für wen?« und »Zu welchem Thema?«. Doch diese Chance hatten wir vertan, was uns blieb, war ein Spekulieren und ein Rätselraten.

Monate später, der nasskalte Herbst hatte sich bereits in den Bonner Straßen niedergelassen, gingen mein Mann und ich Arm in Arm durch einen der Bahnhofstunnel Richtung heimatliche Wohnung, als uns ein Mann entgegenkam. Schon von weitem breitete er die Arme aus und grüßte herzlich.

Da er offensichtlich kein Zeichen des Erkennens in unseren Gesichtern sah, erklärte er strahlend und im besten Deutsch: »Ich habe Sie doch für das italienische Fernsehen gefilmt. Wunderbare Bilder waren das, die auch schon gesendet wurden: erst die Mutter, dann ein Schwenk von den Kindern zum Vater, dann eine Szene von der ganzen Familie. Es war toll«, schwärmte er von seinem Werk. Sein holperiges Deutsch war ihm erstaunlicherweise völlig abhanden gekommen.

Spätestens jetzt wurden wir wach. Fast gleichzeitig platzte uns die Frage nach dem Thema heraus. »Welches Thema?« Der Fernsehmann tat erstaunt. »Na, zum Paragraph 218 und dem Streit um die Abtreibung.«

Es traf uns wie ein Donnerschlag. Zwar wussten wir, dass Die Grünen und verschiedene Frauengruppen schon seit Wochen für eine Lockerung der Abtreibungsvorschriften kämpften und in der Gesellschaft für Akzeptanz warben, doch begeistert waren wir davon nicht. Unsere Betroffenheit war sicher unseren Gesichtern anzusehen, denn nun fürchteten wir, dass uns im italienischen Fernsehen eine uns nicht angenehme Haltung zur Problematik des §218 untergeschoben worden sein könnte. Ja, für dieses Thema überhaupt Modell gestanden zu haben, war uns nicht recht.

Bevor unsere Empörung sich aus unserem Inneren bis zu unseren Lippen vorgearbeitet hatte, war der Unbekannte auch schon wieder verschwunden. Damit war erneut die Möglichkeit vorbei, die entscheidende Frage zu stellen: »Was war der italienischen Fernsehöffentlichkeit erzählt worden, während man unsere Bilder über die Bildschirme flimmern ließ?« In unseren düstersten Fantasien wurden wir als Kinderabtreiber diffamiert. Und so schworen wir noch an Ort und Stelle einen gemeinsamen Schwur: »Nie wieder »Deutsche Familie für italienisches Fernsehen!« Nein!«

Irgendwann, zuhause, als die Empörung verklungen und der Zorn verraucht war, schworen wir noch einmal neu – mit kühlem Kopf: »Nie wieder ein Kopfnicken aus Trägheit«, schwor mein Mann und »Nie wieder ein Schwur im Zorn«, ergänzte ich.

Obdach für eine Nacht

Weint jemand in meiner Gegenwart, so muss er damit rechnen, dass ich näherrücke. Genau das tat ich, als einem alten, obdachlosen Mann in dem Moment Tränen über die Wangen liefen, als ich ihm den Euro in die Hand drückte, den ich soeben durch das Zurückstellen meines Einkaufswagens beim Lidl erhalten hatte. Ich hatte beim Aldi-Konkurrent üppig eingekauft und schwelgte bereits in der Freude, nach Hause zu fahren und dem kalten Nieselregen dieses frühen, aber schon dunkelnden Winterabends zu entkommen. Doch nun machte ich reflexartig einen Schritt in Richtung des alten Mannes. Von dem folgenden Gespräch weiß ich noch, dass er mir eine Geschichte erzählte, die den Abend ungewöhnlich werden ließ.

Es ginge ihm sehr schlecht. Am nächsten Tag müsse er ins Krankenhaus. Die Verletzungen, die er bei einer Messerstecherei erlitten hätte, müssten nun zum zweiten Mal operiert werden. Seine Schwester würde ihn am nächsten Tag ins Krankenhaus bringen. »Und wo schlafen Sie heute Nacht?«, war meine verwunderte Frage. »Na, hier!!«, kam seine ebenfalls verwunderte Antwort über so viel Unkenntnis und er wies auf eine kleine Ecke am Gebäude, in der etwas vergammelte braune Pappe lag, die wahrscheinlich als Matratze diente. Die Obdachlosenhäuser seien immer voll, da könne er nicht schlafen, begründete er weiter seine missliche Situation.

»Alt, krank, arm und nur eine kalte Häuserecke und etwas Pappe für die Nacht! Das muss auch anders gehen«, dachte ich und schon gab ich mal wieder ein Versprechen ab: »Ich besorge Ihnen ein Bett in einem dieser Wohnheime.« Der Mann schaute etwas ungläubig. »Warten Sie hier«, fuhr ich fort, »das muss ich allein organisieren. Ich komme aber in jedem Fall zurück.« Der Mann vor mir war immer noch skeptisch. Vermutlich kannte er jede Form der leeren Versicherung und der Zusage, die keine ist. »Ich verspreche es!«, versuchte ich, sein Vertrauen doch noch zu gewinnen. Dann ein letztes freundliches Nicken, ein kurzes »Bis gleich!« und ich eilte davon, im Kopf bereits mit der Planung beschäftigt, was nun wann, wie zu tun sei.

Ein Obdachlosenheim kannte ich vom Ansehen her. Es war ein großer, grauer, vierstöckiger Bau an einer befahrenen Straße. In den Fenstern hingen Gardinen, die sicherlich vor Jahren mal weiß gewesen waren oder einfach nur bunte Tücher, die den Blick der Neugierigen ins Zimmerinnere abwehrten. Dorthin fuhr ich mit dem Auto, parkte vor dem Haus und stöckelte auf meinen hochhackigen Stiefeletten im Dunkeln über den asphaltierten Hinterhof auf eine kleine Pforte zu.

Als ich die kleine Eingangstür aufzog, stand ich in einem winzigen Eingangsbereich unvermutet einem interessant gestylten jungen Punk gegenüber, der aus einer kleinen Pförtnerloge etwas ungläubig auf mich, den Neuankömmling, guckte. Ich wandte mich ihm zu und suchte nach den richtigen Worten für meine Frage: »Haben Sie ein Bett frei für einen Herrn, der obdachlos ist?« Auch in meinen Ohren klang das ziemlich gedrechselt, doch ein Satz wie »Haste `nen Bett für `nen Penner?« ist nicht mein Ding. »Wie heißt denn der Mann?«, der Punk kam schnell zur Sache. »Oh, keine Ahnung.« Mir ging erst jetzt auf, dass ich diese Frage nicht geklärt hatte. »Aber der Mann braucht Hilfe. Morgen muss er wegen einer Messerstecherei ins Krankenhaus«, versuchte ich es dringend zu machen. »Wegen einer Messerstecherei??«, ein älterer Mann kam aus einer Tür neben der Loge und schaute mich prüfend an. »Was ist das für ‚nen Typ, der in eine Messerstecherei verwickelt ist? Und weshalb?« »Oh!«, auch hier war ich ahnungslos. »Sie wollen uns also einen Mann bringen, von dem Sie zwar nicht den Namen kennen, aber wissen, dass er an einer Messerstecherei beteiligt war?« Der Frager wunderte sich immer noch.

Allmählich dämmerte es mir, dass meine Spontaneität mir mal wieder einen Streich gespielt hatte. Ich ärgerte mich über mich selbst. Der ältere der beiden Pförtner machte sich ebenfalls so seine Gedanken. Er musterte mich von oben bis unten. Was er dachte, konnte ich nur ahnen: »Komische Frau«, »keine Ahnung von Nichts«. Diese oder ähnliche Begriffe tauchten vermutlich in seinen Überlegungen auf – vielleicht aber auch solche wie »hilfsbereit« und »verantwortungsbewusst«, denn schließlich erklärte er mir: »Hier können nur Leute übernachten, die keinen Ärger machen. Wer schon mal rausgeschmissen wurde, darf nicht wiederkommen.« Bei diesen Worten schaute er mich durchdringend an. »Keine Schläger, keine Messerstecher!«, fuhr er fort. Ich verstand und schaute etwas verlegen zu Boden. »Wir nehmen ihn jedoch auf, wenn Sie uns vom Ordnungsamt eine Bescheinigung bringen, dass dieser Mann noch in keinem Heim unangenehm aufgefallen ist«, erklärte der Pförtner weiter.

Das war immerhin ein Lichtblick. Das Versprechen, ein Obdach für eine Nacht zu besorgen, setzte mich nämlich unter Erfolgszwang. Meine Freude, den ersten Schritt geschafft zu haben, war in dem Moment vorbei, als ein Gedankenblitz auf dem Weg zurück zum Auto mich abrupt zum Stehen brachte. »Großer Gott, was ist, wenn dieser Obdachlose dich während der Autofahrt überfällt? Vielleicht ein Messer zückt?« Minutenlang stand ich einfach nur still und zermarterte mir mein Hirn, wie ich aus diesem Dilemma herauskommen könne, ohne mein Versprechen zu brechen. Dann hatte ich die Idee – eine kampfstarke Person sollte mich begleiten.

Mein Mann war, ebenso wie die anderen kampfstarken Männer, Ehemänner und Väter in der Nachbarschaft, zu dieser frühen Abendstunde noch mit Geld verdienen beschäftigt. Ein Mann kam daher als meine Begleitung nicht in Frage. Jedoch fiel mir eine Nachbarin ein, die mit nur drei Jahren auf dem Sofa ihrer Eltern sitzend mit dem einstürzenden Wohnzimmerfußboden in den Keller gerauscht war. Von da an hatte sie den Auf- und Umbau des elterlichen Hauses miterlebt und tatkräftig unterstützt. Ihre Qualitäten im Zupacken waren dementsprechend außergewöhnlich. Glücklicherweise sagte sie zu, mich bei meinem »Kamikaze-Unternehmen« zu begleiten. Einen Plan, wie wir vorgehen sollten, hatte sie gleich schon fertig: »Wir setzen den Mann vorne – neben dich – auf den Beifahrersitz, während ich auf dem Rücksitz hinter ihm bin. Wird er handgreiflich, würge ich ihn von hinten!« Ich schmunzelte amüsiert. Ja, diese – im Sinne des Wortes – zupackende Frau war die richtige Wahl. Als wir den Lidl-Parkplatz erreichten und nach dem Obdachlosen Ausschau hielten, war niemand mehr zu sehen. Der Schlaf- und auch der Bettelplatz waren leer. Meine erste Reaktion war Erstaunen, dann Erleichterung und zuletzt schmunzelte ich. Hatte der Mann vielleicht geahnt, in welche Gefahr er sich begab, wenn er bei (würgebereiten) Frauen einstieg? Ich wollte gerade darüber witzeln, als der Obdachlose zusammen mit einem Kumpel um die Lidl-Ecke bog. »Jupp will auch ein Bett«, klärte er mich auf. »Nein!«, ich lehnte entschieden ab. Schließlich würde das unseren ausgeklügelten Verteidigungsplan zunichte machen. »Dann aber schnell noch eine rauchen.« »Unser« Mann holte eine Selbstgedrehte hervor. »Nein, jetzt geht`s los!«, meine Nachbarin wurde energisch. »Aber noch `nen Schluck.« Er griff nach einer Flasche Hochprozentigem in seiner tiefen Manteltasche »Nein, jetzt wird nicht mehr getrunken!«, meine Nachbarin wurde noch energischer.

Widerstandslos kam der Obdachlose nun mit uns und stieg stumm vorne zu mir in den Wagen ein.

Im Hauptbahnhof befindet sich eine Zweigstelle des Ordnungsamtes, die auch länger in die Nacht hinein besetzt ist. Dort angekommen begrüßte uns ein sympathischer Beamter. Als er sich den Namen unseres Schützlings sagen ließ, lachte er kurz laut auf, sagte aber dann nicht unfreundlich: »Ich dachte, die ganze Familie säße im Knast. Ihre Familie ist in Bonn dafür ja schon berühmt.« »Ich bin schon seit fünf Monaten wieder draußen«, verteidigte sich der Obdachlose. Außerdem sei die Familie Schlüter noch schlimmer als seine. Ja, das konnte der Beamte nur bestätigen. »Und wer sind Sie?«, wandte er sich an uns. »Sind Sie Freunde?« »Nein!«, entfuhr es mir ziemlich heftig. »Wir sind…«, während ich noch überlegte, wie unsere Beziehung zu diesem obdachlosen Mann beschrieben werden könne, half der Mann vom Ordnungsamt: »Sie sind besorgte Bürger?«

»Ja, wir sind besorgte Bürger«, stimmten meine Nachbarin und ich erleichtert zu. Besorgte Bürger – das beschrieb unser Verhältnis recht gut. Im weiteren Gespräch mit dem Obdachlosen gefiel mir die Art und Weise, mit der der Beamte seinen hilfsbedürftigen Gegenüber ansprach – freundlich, die Würde seines Gesprächspartners wahrend, aber kritisch. Darüber hinaus erfuhr ich, dass der alte Mann deutlich jünger war als ich geglaubt hatte – irgendwas Mitte 40 sollte er sein. Mir fiel ein, mal gelesen zu haben, dass das Leben auf der Straße so hart sei, dass es die Menschen schneller altern ließe. Unser Kandidat war ein trauriges Beispiel dafür.

»Weil Sie so vertrauenswürdige Fürsprecher haben«, wandte sich der Vertreter des Ordnungsamtes schließlich erneut an den Obdachsuchenden, »stelle ich Ihnen ausnahmsweise auch ohne Ihren Personalausweis gesehen zu haben, die nötige Bescheinigung aus.«

Mit dem Zettel für das Obdachlosenheim und einem Gruß für den Pförtnerpunk entließ uns der Beamte wieder. Alles Weitere verlief reibungslos. Ohne Probleme brachten wir den Mann von der Straße samt seinen Alkoholbeständen ins Wohnheim.

Erst danach merkte ich, wie angespannt ich offensichtlich gewesen war. Ein aufregender Abend war vorüber. In der folgenden Nacht schlief ich wie ein Stein. Doch eine Frage bewegte mich bis in meine Träume: Hatte mir der Obdachlose ein Krankenhaus-Messerstecherei-Märchen aufgetischt oder die Wahrheit erzählt?

Mein Lidl-Besuch am Nachmittag des folgenden Tages diente nur der Klärung dieser Frage. Doch im Grunde kannte ich die Antwort. Ein Blick zu den Einkaufswagen vorm Lidl gab mir Recht. Dort stand jemand, den ich noch nicht lange kannte und der deutlich älter aussah, als er war. Als ich an ihm vorüberging, grüßte er höflich.

Phantasien
Knuspern und Knabbern macht kleine Ohren

»Die haben aber kleine Ohren!«, stellte eines Abends der größere der beiden Nachbarjungs fest, und betrachtete noch einmal ausgiebig die Öhrchen, die ihm meine zwei kleinen Töchter bereitwillig zur Begutachtung hinhielten. »Meine sind viel größer«, wunderte sich der Fünfjährige und zugleich das älteste der vier Kinder, die vor mir standen. »Wisst ihr denn, warum die Mädchenohren so klein sind?«, fragte ich daraufhin das Brüderpaar, das die Köpfe schüttelte. »Ich knusper und knabber an ihren Öhrchen.« Auf meinen Satz hin nickten meine Mädchen bestätigend. »Ja, das tut die Mama.« »Knuspert und knabbert eure Mama auch an euren Ohren?«, wollte ich nun wissen. »Nein!«, die beiden Jungen waren sich einig. »Seht ihr, deshalb sind eure Ohren größer als die von meinen Mädchen«, amüsierte ich mich.

Wenige Tage danach spielten die Jungen wieder bei uns. Gerade begann ich, den Kindern etwas zu erklären, da sagte der älteste zu mir: »Frau Pleeehn, dir darf man ja nicht alles glauben!« Zwar musste ich in dem Moment lachen, doch mir war sofort klar, dass dieser Satz nicht von ihm stammte, sondern von einer erwachsenen Person. Und ich wusste noch etwas: Die Zeit meiner Märchen war vorbei. Wie schade – für mich.

Einmal jedoch durfte, ja musste ich nochmal bei meinen Mädchen fabulieren, denn eines Tages hatten wir einen Wolf im Kinderzimmer.

Der Wolf im Kinderzimmer

Wir haben einen Wolf in unserem Kinderzimmer gehabt. Niemand hat das für möglich gehalten – außer unseren kleinen Töchtern. Sie gingen zwar erst in den Kindergarten und doch haben sie mehr gesehen als jeder Erwachsene.

Jeden Abend saßen wir, mein Mann, unsere zwei kleinen Töchter und ich, in unserer Bonner Wohnung am Wohnzimmeresstisch und aßen unser Abendbrot. Wenn der kleine Zeiger der Wanduhr Richtung 7 wanderte, war es Zeit, für alle kleinen Menschen ins Bett zu gehen. Eines Abends begannen unsere Mädchen sich zu weigern, zum Umziehen alleine ins Kinderzimmer zu laufen. Als ich gezielt nach dem Warum und Wieso fragte, bekam ich eine erstaunliche Antwort. »Da ist ein Wolf im Kinderzimmer«, meinte unsere Ältere ziemlich energisch. Mit der Überlegenheit einer Erwachsenen lachte ich und versicherte: »Ganz sicher nicht. Da ist kein Wolf. Ihr braucht wirklich keine Angst zu haben.«
Die nächsten Abendessen verbrachte ich mit vernünftigen Erklärungen dafür, warum es in Kinderzimmern keine Wölfe gibt. Unsere Mädchen überzeugte das alles nicht. Deshalb begann ich zu fabulieren: »Wölfe können nicht ins Haus kommen, weil sie nicht klingeln können und deshalb keiner ihnen die Tür aufmacht.« Diese Erklärung brachte die Wende, weil sie mir ein Licht aufgehen ließ: Um einen Phantasiewolf zu vertreiben, muss man sich auf seine Ebene begeben. Ich

musste also nicht mit den Kindern reden, sondern mit dem Wolf.

Am nächsten Abend nach dem Essen nahm ich beide Mädchen an die Hand und gemeinsam machten wir uns auf Wolfsuche. Auf den ersten Blick war das Kinderzimmer leer, doch der Schein trog vermutlich. Also suchten wir ihn im Schrank, im Bett.... Unter dem Bett schließlich fand ich etwas Kleines, vor Angst Zitterndes – ein Wolfsjunges, das seine Mama verloren hatte und sich schrecklich vor uns fürchtete. »Du brauchst keine Angst zu haben, wir tun dir nichts«, ließ ich meine Mädchen dem Wolf sagen. Dann bat ich sie, dem Tierkind die Wohnungstür zu zeigen, damit es aus dem Haus und wieder zu seiner Mutter in den Wald laufen könne.

Nachdem unsere Mädchen mit vielen freundlichen, fast zärtlichen Worten dem kleinen Wolf auf Wiedersehen gesagt hatten, gingen sie an diesem Abend sehr zufrieden schlafen. Ein Wolf ist nie wieder bei uns aufgetaucht. Irgendwann besuchte ein Räuber für zwei Abende das Kinderzimmer, aber auch hier brachte ein Gespräch nur Gutes. Der Räuber lud uns in seine Hütte im Wald ein.

Schade, dass wir nie die Zeit gefunden haben, ihn zu besuchen.

Bediene das Vorurteil

Weisheit kommt mit den Jahren, heißt es. Bei mir ist es tatsächlich so. Für manch eine weise Erkenntnis habe ich Jahre gebraucht, obwohl sie eigentlich auf der Hand lag.

Weisheiten will auch keiner hören, da jeder seine eigenen Lebenserfahrungen machen will und machen soll. Dennoch gebe ich ungebeten immer mal wieder eine meiner Erkenntnisse an ausgesuchte Personen preis. Meist sind dies die Freundinnen meiner Töchter und die sonstigen jungen Leute, die bei uns ein und aus gehen. Ich mag sie und deshalb will ich ihnen meinen schlauen Gedanken nicht vorenthalten. Sie hingegen wollen der Mutter ihrer Freundin nicht respektlos gegenüber treten und hören mir deshalb widerspruchslos zu. Bevor ich mit meiner Erkenntnis herausrücke, leite ich meine Kompetenz in Weisheitsdingen von meinem Alter ab. Und das geht so: »Weißt du, ich bin ja schon ziemlich alt…« Der Meinung bin ich zwar nicht, aber die Freundinnen sind es. Mit großen Augen nicken dann die Jüngeren, mit einem Lächeln im Gesicht versuchen die Großen erst gar nicht, mir zu widersprechen. Und dann präsentiere ich ihnen das, was Jahre in mir gewachsen und gereift ist, beispielsweise dies: Bediene das Vorurteil und du bist frei.

Jahrelang habe ich gegen das Vorurteil gekämpft, dass Frauen nicht einparken könnten. Ich wollte der lebende Beweis dafür sein, dass dies falsch und ignorant sei und habe mich dafür immer wieder in das Abenteuer »Einparken« gestürzt. Entgegen aller Vorurteile kann ich nämlich hervorragend einparken – d. h., wenn ich nicht müde bin und wenn es nicht dunkel ist und wenn niemand ansonsten mit im Auto sitzt und wenn ich Lust zum Einparken habe. Also, ich fürchte…... eigentlich parke ich nie gut ein. Ich weiß auch, warum das so ist: Ich kann das Auto nicht übersehen. Ich weiß nicht, wo es anfängt und ich weiß nicht, wo es aufhört. Deshalb parke ich oft umständlich, aufwändig, langwierig und mit mäßigem Ergebnis ein. Der eine oder andere Mann hat sich dann schon über mein Einparken beschwert. Ich ließe zu viel Platz zum benachbarten Auto oder ich stünde zu weit vom Bordstein weg. Und dann kommt meine Antwort, meine Rechtfertigung, mein Befreiungsschlag! »Ich bin eine Frau, ich kann das nicht.« Oder: »Ich, als Frau, muss das nicht können! Aber Sie, als Mann, Sie müssen…« Die Wirkung dieser Antwort ist zum lauten Lachen. Ein Gesicht, das verdutzt schaut. Ein Mund, der nichts mehr sagt. Eine Person, die schnellen Schritts davon geht. Wunderbar!

Außer neulich beim Einparken, als ich einem seriösen Herrn mein Bekenntnis »Ich bin eine Frau, ….« schon entgegen schleuderte, ehe er auch nur ein Wort sagen konnte. Einen Moment schaute der seriöse Herr erstaunt, dann erklärte er gelassen: »Meine Dame, Sie sind einem Vorurteil aufgesessen. Frauen können sehr wohl gut einparken.« Daraufhin ging er und zurück blieb ich, eine verdutzte Frau, die nichts mehr sagt.

Wer mich kriegen will, muss Gas geben

Seit einiger Zeit tue ich es nicht mehr. Es ist einer Frau in meinem Alter nicht mehr würdig und deshalb kann ich jetzt diese Geschichte erzählen:

Solange ich in Bonn wohnte, war ich eine liebe, korrekte und rücksichtsvolle Autofahrerin. Mütter mit

Kindern, Senioren mit und ohne Hund sowie Kinder überhaupt hatten bei mir Vorfahrt, wenn sie über die Straße wollten oder konnten mit meiner Geduld und meinem Verständnis rechnen, wenn es Schwierigkeiten gab. Hier in Krefeld ist es genauso, doch wenn ich ehrlich bin, eigentlich nur fast genauso, denn für einige Zeit fuhr ich Rennen.

Die Situation war immer die gleiche: Ich stehe mit meinem Fahrzeug auf einer breiten Straße vor einer Ampel, und zwar auf der linken der zwei Spuren in meine Richtung. Ein Wagen rauscht rechts heran. Wie ich will der Fahrer geradeaus fahren, doch seine Spur ist nach etwa 200 Metern zugeparkt, er muss also vorher zu mir herüberwechseln. Ist er ein junger Mann in seinem ersten Frühling oder ein 40- bis 50-Jähriger in seinem zweiten, dann passt ihm ein Einordnen hinter mein Fahrzeug oft überhaupt nicht! Unruhig spielt er mit seinem Gaspedal und fährt ein Stückchen über die Haltelinie. Es ist klar, was er vorhat: erst einen Frühstart, dann einen Sprint, zuletzt ein rasantes Einbiegen vor meinem Auto in meine Spur!

Doch bevor es losgeht, dreht er den Kopf in meine Richtung. Er taxiert mich, schätzt mich ein und grinst dann entspannt vor sich hin. »Die stecke ich doch locker in den Sack«, scheint sein Gesichtsausdruck zu sagen. »Das tust du nicht, Junge«, denke ich und lache meinerseits in mich hinein. Mein Ehrgeiz ist geweckt, diesem Jüngling Respekt vor Frauen meiner Altersgruppe einzuflößen. Heimlich betrachte ich seinen fahrbaren Untersatz. Einem ausgewachsenen BMW, einem Mercedes oder Sportwagen können meine 130 Pferdestärken nicht das Wasser reichen. In dem Fall bin ich brav und bleibe es auch. Rechne ich mir jedoch Gewinnchancen aus, so lege ich vorsichtig den ersten Gang ein und warte scheinbar unbeteiligt.

Jetzt springt die Ampel von Rot auf Gelb. Loszufahren ist erst bei Grün erlaubt, deshalb zögere ich noch einen Augenblick, das Gaspedal durchzutreten. Das Fahrzeug neben mir zuckt bereits, da wechsele ich von Kupplung und Bremse auf das Pedal ganz rechts. Der Wagen erhält einen heftigen Schub, die Reifen quietschen und dann rennen alle Pferdchen unter der Motorhaube los. Die Überraschung ist perfekt. Einen winzigen Augenblick braucht der andere Fahrer, um zu begreifen, dass ein Platz vor mir, an der Spitze der Autoschlange, nicht so einfach zu haben ist. Doch noch scheint ihm nichts verloren – er steigt aufs Gas.

Das Rennen hat begonnen.

Beide Autos rasen die Straße entlang. Das Ende der rechten Fahrbahn kommt schnell in Sicht und begrenzt das Kräftemessen auf wenige Sekunden. Hat mein Konkurrent es bis dahin nicht geschafft, mich zu überholen, so muss er nun vom Gas und sich hübsch hinter mir einordnen. Wie bitter für ihn.

Die Leute auf den Bürgersteigen gucken meist erstaunt, ihre Gesichter sprechen Bände: »Gott, schon wieder zwei Bekloppte !!« Spätestens jetzt erhält mein Triumphgefühl einen starken Dämpfer und ... ich gestehe: »Recht haben sie!«

Meiner seit kurzem Auto fahrenden Tochter habe ich das Versprechen abgenommen, niemals solche Rennen zu fahren, wie ihre Mutter das tat.

Nichts ist für lau zu haben

Nichts ist für lau, also umsonst zu haben, vor allem, wenn man sich das Vergnügen einer kleinen Unfreundlichkeit gönnt. Oft muss man solche Freuden sofort bezahlen, meist nicht in barem Euro, aber in einer anderen Währung.

Es war an einem Dienstagnachmittag, als ich die Erfahrung machte, dass es nichts umsonst gibt: Ich stand als Kundin in einer Apotheke und stellte fest, dass ich zwar 4,50 Euro für ein Nasenspray bezahlen wollte, aber nicht bezahlen konnte. Mein Portemonnaie hatte mal wieder jede Menge Geldscheine vorgetäuscht. Was ich für Reichtum gehalten hatte, waren lauter Quittungen, die aus besseren, »flüssigeren« Tagen stammten. Mein Vorschlag, die EC-Karte zu nutzen, begeisterte die Apothekerin, eine Dame im antiquierten Alter, gar nicht: »Nein, das geht nun wirklich nicht!« Das klang ziemlich kurz angebunden und wenig freundlich, wie ich fand. Ich kam mir nicht als Kunde, sondern als Übeltäter vor. »Nun gut, dann gehe ich zur Sparkasse und hole Bares«, kündigte ich an, um mein Ansehen als nicht nur zahlungswillige, sondern auch als zahlungsfähige Person wieder herzustellen. »Ja, tun Sie das.« Der Ton der Apothekerin blieb gnadenlos unfreundlich und so verließ ich den Raum mit dem Gefühl, etwas Unrechtes, vielleicht sogar moralisch Anstößiges, gefordert zu haben.

Meine gute Laune war dahin, ebenso mein Optimismus, dass die Welt schön und Jedermann nett sei. Jetzt wälzte ich Gedanken, die auf Wiedergutmachung sannen. »Ich werde mir einen richtig großen Schein besorgen und ihn ihr auf die Theke legen«, entwarf ich meinen Plan. Da die Apotheke das muffige Flair ihrer Besitzer ausstrahlte – und deutlich kein Shopping-Event versprach – verirrte sich kaum ein Kunde hierher. Deshalb hoffte ich, dass nicht nur mein Portemonnaie, sondern auch die Apothekenkasse mehr Schein als Sein zu bieten hatte und deshalb mein Großgeld vielleicht nicht gewechselt werden konnte.

Dieser Plan war vermutlich der Grund dafür, dass ein weiser Richter beschloss, mich zwar gewähren zu lassen, aber nicht für lau. Und so kamen die Ereignisse in Gang, die mich die nächste halbe Stunde beschäftigen sollten.

Das zumindest ist meine Begründung dafür, dass genau in dem Moment eine ältere, etwas voluminöse Dame in die Sparkasse trat, als ich an der Kasse meine am Geldautomaten erhaltenen kleinen Scheinchen in etwas Großes umwechseln ließ. Die Dame lief schnurstracks zu einem Kontoauszugsdrucker in meiner Nähe. Sie warf einen Blick auf den Apparat, dann noch einen und brach in lautes Gejammer aus. Ihr Portemonnaie sei nicht mehr da, wo sie es vergessen hätte. »Mein Geld, meine Karten, mein Ausweis!« Mit jedem Wort wurde ihre Verzweiflung größer. Zitternd stand sie da und hielt eine Hand vor ihren Mund, damit er nicht das Weinen verrate, was jedoch die Augen bereits taten. Tränen sind für mich immer ein Anlass, mich einzumischen, und so riet ich der Dame, beim Sparkassenpersonal nachzufragen, ob nicht ein Portemonnaie abgegeben worden sei. Das »Leider nein.« der freundlichen Angestellten löste bei der Kundin fast eine Panikattacke aus und bei mir den Entschluss, mich dieser Sache anzunehmen. »Ich werde Ihnen helfen, das Portemonnaie zu finden. Im Finden bin ich klasse«, erklärte ich der Frau meine Absichten. Dabei fiel mir ein, eine Mutter mit einem kleinen Kind an dem Kontoauszugsdrucker gesehen zu haben. Das Kind hatte irgendetwas Rotes an. »Wir gehen jetzt nach draußen und suchen diese Frau mit rotem Kind, vielleicht kann sie uns mehr sagen«, erklärte ich der Verzweifelten, die sich daraufhin etwas beruhigte.

Kaum hatten wir die Sparkasse verlassen, musste ich eine erste, vielleicht alles entscheidende Wahl treffen. Wohin sollten wir uns wenden? Nach rechts lagen ein Juwelier, eine Reinigung, ein Restaurant, nach links zwei Supermärkte und eine Drogerie. Die Entscheidung war fast zwingend: Frauen und Juwelen haben zwar eine naturgegebene Affinität, doch noch größeren Zwang üben ein nur mäßig gefülltes Portemonnaie und hungrige Kindermäuler auf sie aus. So entschied ich mich also für die Supermarktrichtung. Ein paar Meter nur und eine junge Frau mit Kind und älterer Begleitung verließ den Lebensmittelladen, an dem wir gerade vorbeigingen. Kritisch nahm ich die Drei ins Auge. So hatte ich meine gesuchten Personen nicht in Erinnerung. Der kleine Junge trug auch nur eine Jacke mit einem kleinen roten Emblem. Einen

Moment zögerte ich, die Gruppe anzusprechen. Die Drei waren fast schon an uns vorbei, da hörte ich mich fragen: »Entschuldigen Sie, waren Sie vorhin in der Sparkasse?« »Ja!?«, kam die erstaunte und zugleich fragende Antwort der Mutter. »Und? Haben Sie ein Portemonnaie dort liegen sehen?«, ich wagte kaum auf noch ein Ja zu hoffen. »Ja, das hab ich«, diese Antwort machte mich fast euphorisch. »Wo ist es denn jetzt?«, auf meine erneute Frage zog die junge Frau ein Portemonnaie aus ihrer Tasche. »Wir wollten auch gerade anrufen«, sagte die ältere Begleitung hastig, offensichtlich die Mutter der Mutter. Die eben noch verzweifelte Sparkassenkundin neben mir stieß einen Jubelschrei aus und fiel der jungen Frau um den Hals. »Vielen, vielen Dank!« rief sie immer wieder. Ihre deutlich große Erleichterung ließ ahnen, welche Sorgen, welche Ängste sie gehabt hatte. In ihrer Freude öffnete sie das zurück erhaltene Portemonnaie, um den Jungen mit einem Schein zu beschenken.

Während dieser Zeit stand ich still daneben und sah mir mit gemischten Gefühlen an, wie sich die ältere Dame bei der Finderin immer von neuem bedankte.

Hätte die junge Frau nicht zunächst in der Sparkasse nach der Eigentümerin ihres erfreulichen Fundes suchen müssen? Wäre sie außerdem nicht verpflichtet gewesen, die Geldbörse bei der Sparkasse abzugeben, zumindest aber, dort Bescheid zu sagen? Und hätte sie wirklich angerufen oder behauptete sie dies nur, weil sie nicht wusste, was ich wusste?, fragte ich mich im Stillen. »Ich muss jetzt gehen«, kündigte ich meinen Abschied schließlich an. »Ja, danke und auf Wiedersehen«, das kam ziemlich leidenschaftslos von der Portemonnaiedame, eher wie eine Floskel, fand ich, die in keiner Weise meinen Anteil an diesem Erfolg würdigte.

Doch dann fiel mir das ein, was ich jetzt in der Apotheke als kleine Wiedergutmachung vorhatte und mir wurde klar, dass hier der Ausgleich war, der Preis, den ich für diese Unfreundlichkeit zu zahlen hatte.

Als ich den 100-Euro-Schein vor der Apothekerin auf die Theke legte und fragte, ob sie darauf herausgeben könne, nickte diese zu meinem Bedauern. Doch zugleich errötete sie, öffnete sichtlich verlegen ihre Kasse und gab mir das Wechselgeld von 95,50 Euro. Ihr Gesicht verriet dabei, was ihr nicht über die Lippen kam. Auch sie hatte begriffen, warum der Geldschein diese Größe hatte. Ihre Schamgefühle genügten mir als Wiedergutmachung.

Nach diesem Einkauf schwang ich mich verspätet auf mein Fahrrad, um zu Kind und Küche heimzukehren. Doch ich tat dies als zufriedene Frau, schließlich brachte ich von meinem Apothekenausflug mehr mit nach Hause als nur ein Nasenspray.

Putz die Wand, Punk!

Einen Van Gogh zum Trödelpreis zu kaufen, mit dieser Illusion hatte ich drei Stunden lang Bonns schönsten und größten Trödelmarkt in den Rheinauen durchstreift. Um diese Illusion leichter, aber dafür mit der Erfahrung, dort jede Menge Trödel zu Van Gogh-Preisen haben zu können, hatte ich mich bei fast 30 °C Sommer-Samstagnachmittags-Hitze auf den Heimweg begeben. So stand ich nun in dieser heißen, völlig überfüllten Straßenbahn Richtung Nachhause. Zwei jugendliche Punks, die vor mir an der Wand des Wagens lehnten, ließen mich meine Enttäuschung schnell vergessen, denn nun interessierte mich, wie man sich als Punk so stylt: Ihre durch schwarze Kunstlederhosen bedeckten Hüften schmückten Panzerketten aller Art, die Haare waren zu gelbrotgrünen Stacheln verarbeitet und ihre Gesichter glänzten durch zur Schau gestellte Langeweile und Desinteresse an ihrer Umgebung. Weil ich das Punkoutfit studierte, bekam ich mit, dass einer der zwei seinen Arm reckte, um sich an einer Leiste festzuhalten. Abrupt zog er seine Hand zurück, die jetzt mit einer schwarzen schmierigen Masse verklebt war. Sofort zog der Jugendliche die Hand an der Wagenwand entlang, um die Schmiere abzustreifen. Dadurch verschmutzte er einen Straßenplan, der dort zur Information der Fahrgäste klebte. Der vielleicht 16-Jährige strich einmal, zweimal über den Plan … dabei kam ein lang gezogenes »Äääääähhhh« aus seinem Mund.

Fast im Reflex tippte ich dem Punk auf die Schulter und sagte freundlich: »Lass es sein.« »Mhhhh??«, brummte er irritiert. »Lass es sein«, wiederholte ich geduldig, nun aber leicht angespannt, weil ich erst jetzt daran dachte, dass Punks vermutlich nicht sehr freundlich reagieren, wenn ihnen eine Aufforderung wie diese nicht gefällt. Erleichtert stellte ich fest, dass der Punk zwar verwundert schaute, aber seine »Handreinigung« stoppte. Mutiger geworden fragte ich ihn: »Willst du ein Taschentuch?« Der Irokesenmann nickte. Mit meinem Taschentuch säuberte er etwas umständlich und notdürftig seine Finger, dann gab er mir das Tuch zurück und wandte sich ab. Sein gleichgesinnter Freund und fast alle umstehenden weiteren Fahrgäste hatten etwas ungläubig zugeschaut. Doch für mich war die Geschichte noch nicht zu Ende. Da der junge Mann ansprechbar war, tippte ich ihm erneut auf die Schulter. Etwas unwillig drehte er sich um. Seinem Punk-Freund stand der Mund offen, als er sah, dass ich seinem Kollegen erneut ein Taschentuch hinhielt, auf die Schmiere an der Wand zeigte und freundlich sagte: »Mach es bitte sauber.« Und selbst zu meinem Erstaunen nahm der Angesprochene nach kurzem Zögern das Papiertuch und wischte – etwas halbherzig zwar, aber dennoch – die Wand. Ich fand, dass hier ein kleines Wunder geschehen oder zumindest (m)ein Vorurteil Punks gegenüber durch diesen Irokesenjüngling widerlegt worden war. Die Gesichter der Menschen um uns herum jedoch, die eben noch interessiert zugeschaut und zugehört hatten, zeigten jetzt keinerlei Reaktion. Scheinbar unberührt blickten sie vor sich hin oder ins Weite.

Nur eine üppige arabische Matrone im langem Gewand mit Henna an den Händen und Henna an den Füßen, sah mich an. Sie lächelte. Und sie nickte.

Das Lebensertüchtigungsprogramm

Wenn man mich nach unseren kleinen Töchtern gefragt hat, bin ich – auch als Mutter – ganz objektiv gewesen. »Sie sind lieb, sie sind bereits in ihrem zarten

Kindesalter sozial, klug sind sie vermutlich auch«, so meine sachliche Antwort.

Und sie haben eine fürsorgliche Mutter und einen treu sorgenden Vater und damit wichtige Voraussetzungen, um gut im Leben zu stehen, habe ich so manches Mal weiter gedacht. Doch eines haben sie nicht, was ich reichlich gehabt habe, etwas, was meine Kindheit geprägt und mich kriegerische Fertigkeiten gelehrt hat: Sie haben keine Brüder.

Wer rauft mit unseren Mädchen? Wer kämpft mit ihnen? Wer zwingt sie zu lautem Indianergeheul und wer bringt sie dazu, vom Dach der Garage zu springen, weil ein gefährlicher Krieger hinter ihnen her ist? Zunächst war niemand Passendes in Sicht. Und so beschloss ich, ein Lebensertüchtigungsprogramm zu starten, damit unsere wohl behüteten Mädchen das Leben, das wahre Leben und die Männer kennen lernen.

Männer gab es gleich zwei Stück zwei Häuser weiter. Zunächst waren es noch kleine Männer, drei und fünf Jahre alt, also ein klitzeklein bisschen älter als unsere Mädchen. Sie kannten das raue Leben bereits und die Bonner Unfallambulanzen kannten deshalb sie.

Wenn diese jungen Männer bei uns im Kinderzimmer spielten, stieg der Lärmpegel enorm, waren unsere Mädchen bei ihnen, war von den Vier weniger zu hören als von den zwei Jungen allein.

Diese erste zarte Beziehung zur Männerwelt förderte ich, wo ich konnte. Ich kaufte eine dicke Turnmatte und bot den Jungen an, mit unseren Mädchen kleine Ringkämpfe darauf zu starten. Einmal guckte ich mit dem

Kopf durch einen Türspalt ins Kinderzimmer, da rief mir unsere ältere Tochter sofort entgegen, ihre kleine Schwester habe gegen den größeren der Jungen gekämpft und … gesiegt! »Danke«, sagte ich etwas bedröppelt in Richtung des mehrfach überlegenen Verlierers. Dieser lächelte, nickte souverän und meinte: »Ist schon o.k.« Spätestens zu diesem Zeitpunkt wurde mit klar, dass mir die Mutter dieser jungen Männer mit ihren Erziehungszielen, zum Beispiel »Immer nett und sanft zu kleinen Mädchen sein«, einen Strich durch mein Lebensertüchtigungskonzept machte. Trotz gewisser Fehlschläge wie diesen hielt ich an der Freundschaft mit den vom Lebenskampf durch die eine oder andere Narbe gezeichneten jungen Männern fest. Mir war klar, dass es eine solche Freundschaft nicht umsonst gibt. Wer an mehr Kontakt interessiert ist, muss investieren. Ich investierte in ungezählte Mittag- und Abendessen. Dabei lernten unsere Mädchen, aber insbesondere ich, dass ein richtiger Mann nicht nur einen Berg Butterbrote isst, sondern oft auch zwei.

Das wahre Leben lernt man auch durch Bücher kennen. Solange ich die Bücher, die unsere Mädchen vorgelesen bekamen, aussuchte, handelten diese nicht von rosafarbenen Prinzessinnen, sondern von wehrhaften Frauen wie Pippi Langstrumpf. Am Mittagstisch erzählte ich den Jungs und Mädchen vom Seeräuber Klaus Störtebecker und vom weißen Wal Mobby Dick, der alle Seeleute in den Tod riss bis auf den Erzähler Ismael. Schon bald hatten sie Geschmack an den Abenteuergeschichten, und insbesondere an den Abenteuern, die es im wahren Leben gibt, gefunden. Zu meinem Unglück musste ich, wenn wir auf unseren Gängen in die Stadt oder zum Spielplatz an der kleinen Sparkassenfiliale vorbei kamen – und wir kamen oft vorbei – die wahre Geschichte vom Überfall auf die Sparkasse erzählen. Ich musste erzählen, wie der Großvater ihrer Freundin Sofie den Bankräuber zur Strecke gebracht hatte. Sofies Großvater war eigentlich ein Gentleman der alten Schule. Begegnete ich ihm auf der Straße, zog er seinen Hut, machte eine kleine Verbeugung und grüßte mich mit »Guten Tag, gnädige Frau.«

Dass er den mit einem Gewehr bewaffneten Räuber mit einem Faustschlag ins Gesicht niederstrecken würde, so dass sich dann die drei Angestellten auf ihn stürzen und ihn festhalten konnten bis die Polizei eintraf, damit hatte niemand, selbst der Bankräuber nicht, gerechnet. Schließlich war Sofies Großvater ein Herr von knapp 70 Jahren.

Als Kind habe ich oft auf Bäumen gehockt und mich dem Himmel ein Stück näher gefühlt. Auch das Klettern und das wunderbare Gefühl, einen Baum bezwungen zu haben, sollten unsere Mädchen kennen lernen. Im Umkreis unserer Wohnung gab es kaum einen Kletterbaum, den wir nicht bestiegen hätten. Über den Endenicher Bach haben wir Weitspringen gemacht und wer halt nicht weit sprang, landete im Wasser – so wie ich. Im Winter sind wir mit dem Schlitten wagemutig steile Hänge runtergeflitzt, bis man mich auf dem Schlitten nicht mehr dabei haben wollte.

Dann sind wir umgezogen und das Lebensertüchtigungsprogramm habe ich vor lauter Umzug für kurze

Zeit vergessen. Es kam mir erst wieder in den Sinn, als meine großen Mädchen mir klarmachten, dass ich mir um sie, ihre Jungserfahrungen und die Herausforderungen des Alltags keine Sorgen zu machen bräuchte, sie würden »das Kind schon schaukeln«.

Spätestens ab dann wusste ich, dass meine schöne Zeit, in der ich auf Bäume klettern konnte, ich über Bäche springen und wüst Schlitten fahren durfte, nun vorbei war, weil das Lebensertüchtigungsprogramm für meine Töchter ausgedient hatte.

Gewusst wie!

Von meinem Vater habe ich so manchen Hinweis zum Umgang mit Menschen erhalten. Einmal hat er mir erzählt, wie man ein Projekt, eine gute Idee, eine Lösung für ein Problem durchsetzen kann, selbst wenn ein Gegenspieler dies aggressiv zu verhindern sucht: Beim Gespräch solle man sich direkt neben ihn setzen. Die große Nähe senke die Aggression, wirke dämpfend auf den Anderen und mache ihn im besten Falle mundtot.

Eines Tages geriet ich in eine Situation, in der ich diesen Hinweis ausprobiert habe. Die Durchführung erforderte Mut, vielleicht sogar Dreistigkeit, doch das Ergebnis war überraschend. Und das kam so:

Ich begleitete eine Tischtennis-Schülermannschaft zu einem Meisterschaftsspiel in die Halle eines anderen Vereins. Die beiden Mannschaften – meine und die der

Gastgeber – spielten Schüler gegen Schüler um Punkt, Satz und Sieg. Die allerersten zwei oder drei Spiele gewannen meine Kinder. Bis dahin sahen die Trainer der gegnerischen Mannschaft und ich ohne großen Kommentar den Spielen zu. Doch dann begannen die zwei gestandenen Betreuer, Männer so um die 40, zusammen mit ihrem »Fußvolk« – Kinder, Eltern und Jugendliche des Gastgebervereins – die »psychologische Kriegsführung«, wie ich so etwas nenne. Die Trainer saßen mit den übrigen Anhängern dicht an dicht auf einer Bank und begannen, jeden Ball, den meine Jungen verschlugen, laut zu bejubeln und zu beklatschen. Gleichzeitig feuerten sie ihre Spieler an. Das Bejubeln der gegnerischen Fehler ist zwar nicht verboten, ist aber bei so jungen Sportlern, die noch leicht zu verunsichern sind, nicht sehr fair.

Wie von den Trainern gehofft und von mir befürchtet, zeigte die Verunsicherungstour bald Wirkung. Meine Spieler gerieten tatsächlich in Schwierigkeiten: Sie wurden ängstlich, unsicher und bekamen kaum noch die Bälle auf die Platte. Doch nicht nur das. Aus zwei zunächst friedlich miteinander spielenden Mannschaften wurden Gegner, die sich zunehmend aggressiv gegenüber standen. Nein, das wollte ich nicht. Krampfhaft überlegte ich, was ich tun könne... Da fiel mir der Rat meines Vaters ein. »Allerdings«, so fragte ich mich, »habe ich den Mut, aufzustehen, zu den Gegnern zu gehen und mich zwischen die Betreuer zu quetschen?« Diese kamen mir doppelt so groß wie ich und dreimal so mächtig vor. Nein, zunächst konnte ich mich nicht dazu durchringen, denn in meinem Hals saß jetzt als dicker Kloß die

Angst – Angst, mich mit gleich zwei Trainern und rund 10 weiteren Leuten auf einmal anzulegen.

Auf der Trainer- und Fanbank der Gastgeber wurde es mit der Zeit immer lauter und fanatischer. Doch je lauter es wurde, desto mehr wich diese Angst und Zorn machte sich breit, ein heiliger Zorn, wie ich meinte. Auf dem Höhepunkt dieses Zorns zwang ich mich, nicht über das nachzudenken, was ich jetzt tat: Ich stand auf, schaltete meinen Kopf auf »aus«, während ich die paar Schritte zu der gegnerischen Bank machte und mich genau vor die zwei größten Schreier – die Trainer – stellte. Mit der Hand zeigte ich zwischen sie und fragte: »Kann ich mich bitte dahin setzen?« Die Beiden verstanden zunächst nicht recht. Meine Bitte war ja auch zu komisch. Platz genug zum Sitzen gab es auf meiner Bank genug. Also wiederholte ich meinen Wunsch, worauf sie irritiert guckten, dann aber das »Fußvolk« aufforderten, zur Seite zu rutschen, damit zwischen ihnen Platz für mich entstand.

Da saß ich nun, klein, als einzige Frau, aber nicht zu übersehen zwischen den Gegnern. Und diese … schwiegen! Kein Jubeln mehr, kein aggressives Schreien, dafür aber ein irritiertes Nachdenken bei den zwei Betreuern. Selbst das Fußvolk schwieg, denn es verhielt sich so, wie es vom Fußvolk erwartet wird – angepasst. Mit einem vielsagenden Lächeln schaute ich zu meinen Spielern und die schauten verschmitzt lächelnd zu mir zurück.

Die neue Ruhe tat gut. Die Jungen konnten sich wieder auf das Spiel konzentrieren und ich nutzte die Chance, ein freundliches Gespräch mit den Männern an meiner Seite zu beginnen. Das zog die Aufmerksamkeit von den Spielern an den Platten ab, beruhigte die Gemüter und schaffte die Voraussetzung dafür, dass Fairplay wieder Einzug in die Halle hielt.

Als wir uns schließlich verabschiedeten, trennten sich zwei Mannschaften und ihre Betreuer, die sich wieder wohlgesonnen waren und den Sieg den Besseren gönnte... .

Von einem zitternden Eierdieb, einer kleinen Helena und einem kampfstarken weißen Huhn

In diesem Jahr zu Ostern waren die vielen Hühner, die tagsüber auf dem umzäunten Hühnerfreigehege fleißig pickten, braun, nur eines war weiß. Während die braunen Hühner in den frühen Morgenstunden in das vier Quadratmeter große Hühnerhaus liefen, brav ein Ei in ein Nest legten und dann brüteten oder auch nicht, tat das weiße Huhn nichts dergleichen.

Das weiße Huhn, so erklärte mir und meiner Familie gleich am ersten Tag unserer Ferien auf dem Bauernhof eine vierjährige Helena, lege keine Eier, aber es werde ganz böse, wenn man Eier einsammeln wolle. Und tatsächlich – kamen Diebe, um im Auftrag der Bäuerin sich ins Hühnerhaus zu schleichen und den Hühnern die Eier unter dem Hühnerhintern zu stehlen, sauste das weiße Huhn urplötzlich und laut gackernd aus irgendeiner Ecke des Hühnerhofes heran, stürzte sich auf die Füße des Räubers, pickte voller Empörung nach den Zehen, schlug die kurzen Flügel und vertrieb den Eindringling.

Eines Morgens beschloss ich, dass ich heute vor dem weißen Huhn nicht flüchten, sondern für frische Eier für den Frühstückstisch sorgen würde. Noch kein anderer Gast war auf dem Hof zu sehen, als ich gegen 7 Uhr unsere Ferienwohnung verließ. Vor dem Türchen zum Hühnerfreigehege traf ich zu meiner Überraschung die blonde kleine Helena mit einem Korb in der Hand. »Ich will Eier holen. Ich hab aber so Angst vorm weißen Huhn«, gestand sie leicht bedrückt. »Ich will auch Eier holen«, versuchte ich sie etwas aufzumuntern, »wenn du willst, gehen wir zusammen und ich beschütze dich.« Ich nahm einen Stock vom Boden auf, hielt ihn dem Mädchen hin und behauptete etwas angeberisch: »Wenn das weiße Huhn den sieht, kriegt es ganz viel Angst und läuft davon, du wirst sehen.« Dann nahm ich Helena auf den einen Arm, den Stock in die andere Hand und stieß mit dem Knie das Türchen zum Freigehege auf. Vorsichtig machte ich zwei Schritte hinein und schloss wieder die Tür. Auf dem Hühnerhof war es ruhig. Ein paar Hühner pickten Brotreste vom Vortag auf. Die anderen waren wahrscheinlich beim Eierlegen und auch das weiße Huhn war nirgendwo zu sehen. Vorsichtig machte ich ein paar Schritte, bog um eine Ecke vom Kaninchenhaus und prallte erschreckt zurück – denn da stand es, das gefürchtete Kampfhuhn. Es brauchte nur einen Augenblick, um uns als potenzielle Eierdiebe zu entlarven. Sofort breitete es die Flügel aus und wollte eben vorwärts stürzen, da hielt ich ihm den Stock vor die Hühnernase. Helena klammerte sich fest an mich und zog die Beine etwas hoch. Das weiße Huhn stoppte sofort seinen Angriff und schaute etwas verdutzt auf den Ast. Während es offensichtlich die neue Situation bedachte, machte ich eilig 10 Schritte im Rückwärtsgang, den Stock immer in Richtung des Angreifers haltend, schlüpfte ins Hühnerhaus und warf die Tür hinter uns zu. Jetzt war das weiße Huhn draußen und wir drinnen und in Sicherheit. Erleichtert setzte ich Helena ab, schnaufte einmal durch und wandte mich den Hühnern zu, die in der Tat mit ihren Eiern beschäftigt waren. Als erstes zeigte ich dem kleinen Mädchen, wie man mit der Hand von hinten unter das Huhn greift und die Eier unter dem Hühnerpopo wegzieht, während das Huhn sozusagen vorne noch brütet. Als Helenas Eierkorb voll war, wollten wir gehen, doch so sehr ich die Tür auch schubste, sie ging nicht mehr auf. Offensichtlich war durch das heftige Zuschlagen der große Riegel außen heruntergefallen. Während ich beunruhigt darüber nachdachte, dass wir so bald vermutlich nicht befreit würden, weil noch niemand munter war, entdeckte ich zu meinem weiteren Entsetzen, dass die Hühnerhaustür unten ein kleines Loch hatte, durch das die Hühner immer noch das Haus verlassen konnten und – fast geriet ich in Panik – auch ins Haus herein. Kurz gesagt: Das weiße Huhn konnte zu uns hineinkommen, wir aber nicht heraus.

Nun bekam ich tatsächlich Angst, denn die Situation im Haus war denkbar schlecht, um eine kleine Helena und mich gegen ein wütendes weißes Huhn zu verteidigen. Hier konnten wir weder weglaufen, noch konnte sich Helena irgendwo verstecken, wenn ich mit dem weißen Huhn um unser Leben würde kämpfen müssen. Hektisch untersuchte ich nochmal die Hühnerhaustür. Dabei behielt ich das Hühnerloch im Auge, um das Auftauchen des weißen Huhns rechtzeitig mitzubekommen. Doch alles blieb ruhig. So beruhigte auch ich mich etwas... und entdeckte nun den Drehknopf an der Tür, mit dem man von Innen den Hebel außen bewegen konnte. Ich war echt erleichtert. So nahm ich Helena, die still meine Panikattacke abgewartet hatte, auf den Arm, öffnete die Tür, nahm den Stock in die Hand und schlich vorsichtig, immer nach allen Seiten nach dem Kampfhuhn schauend, unbehelligt aus dem Hühnergehege hinaus.

»Heute haben wir dem weißen Huhn gezeigt, wer Herr im Hühnerstall ist – nämlich wir«, gab ich Helena großspurig mit auf den Weg zu ihren Eltern und wusste dabei im Stillen, dass es umgekehrt gewesen war.

Eine Woche später mussten wir wieder abreisen, so dass wir erst im folgenden Jahr Ostern vom tragischen und frühzeitigen Tod des weißen Huhns im Suppentopf erfuhren. Es war die ungerechte Strafe dafür, dass es die Hühnerfrauen und ihre zukünftigen Kinder beschützt und verteidigt hatte. Sein Unglück war, dass der Bäuerin die Bauernhofgäste wichtiger sein mussten als ein kampfstarker, mutiger, wunderschöner weißer Hahn.

Wie alt werde ich dieses Jahr? – Werde ich jünger? Älter? Oder 47 11?

Als ich an meinem letzten Geburtstag morgens auf-wachte, hatte ich mich noch nicht entschieden, wie alt ich diesmal werden wollte. Alle Welt wird jedes Jahr ein Jahr älter, so wie mein Zwillingsbruder auch. Das ist halt Brauch. Das macht man so. Es ist so üblich. Aber ich, ich bin nicht alle Welt. Eben weil ich schon 47 Sommer gesehen habe, erlaube ich mir, es anders zu machen.

Es gibt Menschen, bei denen werden am Geburtstag nur Teile von ihnen zum Beispiel 60 Jahre alt. Die Hüfte ist jünger oder das Knie. Dass diese Leute Schwierigkeiten haben, ihr Alter korrekt zu nennen, liegt auf der Hand. Bei mir jedoch sollte es eigentlich einfach sein, denn bei mir hat noch alles gleichzeitig Geburtstag und wird gleich alt – wie bei meinen Eltern, die das ein wenig auf die Spitze treiben: Der 2. August ist jedes Jahr der Tag, an dem je-der von ihnen von den Haaren bis zu den Zehen und vor allem beide gemeinsam ein Jahr älter werden. Allerdings tut das mein Vater genau eine Dreiviertelstunde eher als seine Frau – wie es sich in seiner Generation gehört.

Zwei meiner Brüder sind mit netten Frauen verheira-tet, die ein gutes Stück jünger sind als sie. Einer der beiden – ich schweige darüber wer – gab damit ein bisschen an.

Da ich meinen Mann toll finde und ihm auch die Freuden einer jungen Frau theoretisch gönne, habe ich etwas schnippisch gemeint: »Nun ja, wenn ich dieses Jahr beschließe, ein Jahr jünger statt älter zu werden und das ein paar mal fortsetze, hat mein Mann in wenigen Jahren ebenfalls eine deutlich jüngere Frau.«

Mit den Jahren jünger zu werden, vielleicht sogar schöner und leistungsfähiger, das ist natürlich ein verführerischer Gedanke.

Doch auch das Sich-Älter-Machen bietet Vorteile. Die berühmte Schauspiel-Diva Marlene Dietrich hat das frühzeitig erkannt. Statt im Alter von angeblich 45 die Falten einer Fünfzigjährigen erklären zu müssen, konnte sie sich zurück lehnen und die Bewunderung der Boulevard-Presse entgegennehmen: »Marlene, für 55 Jahre sehen Sie toll aus, glatt fünf Jahre jünger!«

Selbst das Werfen einer Nebelbombe ist eine überdenkenswerte Antwort auf die Frage nach den Lebensjahren. Man gibt damit dem Neugierigen die Chance, den Gegenüber nicht nach dem Alter zu beurteilen, sondern nach seiner Ausstrahlung, nach seiner Dynamik, nach seinen Leistungen. Eine mir bekannte Dame, die seit 25 Jahren die Arbeit eines Topmanagers leistet, beantwortet Nachfragen dieser Art deshalb jedes Jahr lächelnd mit »47 11«.

Allen diesen Überlegungen und genannten Vorteilen zum Trotz, gibt es für mich einen wichtigen Grund, dann doch mein Alter – ganz konservativ – meinem Geburtsjahr anzupassen: Mein Mann und ich haben einmal beschlossen, gemeinsam älter und schließlich gemeinsam alt zu werden. Ein netter Gratulant zwang mich dieses Jahr jedoch zu einer anderen Entscheidung: »Darf ich fragen, wie jung

Sie heute werden?« Dieser Satz ist nicht wirklich charmant. Mit dem Wörtchen »jung« macht er klar, dass er mein Alter schon für so vorgerückt hält, dass er sich gezwungen sieht, sprachlich etwas Kosmetik anzuwenden. Mir fiel nicht gleich eine passende Antwort ein, deshalb hielt ich ihn hin: »Raten Sie. Doch Vorsicht, ich sehe älter aus als ich bin.«

Der nette Gratulant stutzte einen Moment, dann fing er zögernd an, Zahlen zu nennen »So um die 40?« Sein Gesicht verriet, dass ihm unwohl dabei war und er selbst nicht daran glaubte. Jetzt beschloss ich, ihm zwar zu helfen, doch ihn zum Ausgleich für seinen »Charme« auch ein wenig zu irritieren: »Ich, ich bin heute 46 Jahre alt geworden, mein Zwillingsbruder jedoch 48.«

Das Schnäppchen – drei Euro für ein kleines Mädchen

Für drei Euro hätte ich ein von mir gefundenes, zwei- bis dreijähriges Mädchen kaufen und damit meine Familie vergrößern können. Ja, ganz recht – nur drei Euro. Das Angebot war sensationell gut, also ein echtes Schnäppchen und trotzdem habe ich nicht zugegriffen.

Doch bevor ich das kleine Mädchen fand, fand ich ein mehr als gut gefülltes Portemonnaie. Wenn ich es behalten hätte, hätte ich mir sicher viele kleine Mädchen für mehr noch als drei Euro leisten können. Doch meine Eltern haben mich gelehrt, die Grenze zwischen Mein und Dein rigoros und kompromisslos zu ziehen und so habe ich beide Fundstücke den rechtmäßigen Besitzern zurückgegeben und dabei merkwürdige Reaktionen erlebt:

Der Einkaufsabend beim »Einmal hin, alles drin« war von vorne herein anders als sonst. Gleich in den ersten Minuten entdeckte ich beim Stromern im Wäschebereich der Damen ein blaues Portemonnaie, das auf einem Stapel weißer Unterwäsche gut sichtbar lag. Ich griff danach, denn es war hübsch ... doch gleich zuckte ich zurück, denn es fühlte sich prall gefüllt an. Es war also kein Verkaufsartikel, der einen unfreiwilligen Ausflug ins Unterwäscheland gemacht hatte. Mit seinen gut erkennbaren, vielen größeren Scheinen und einer beeindruckenden Zahl an Plastikkarten in Gold schrie das Portemonnaie geradezu, dass es ein Objekt der Begierde sei, geliebt und gewollt von seinem Besitzer, aber auch von Personen mit langen Fingern und kurzem Rechtsbewusstsein.

Nicht mit langen, vielmehr mit spitzen Fingern, damit ich nicht auch nur ansatzweise des Diebstahls bezichtigt werden konnte, trug ich es zum Servicebereich. Dort blieb ich etwa 10 Minuten, bis die schick gekleidete Besitzerin ausgerufen war und ziemlich ungehalten auftauchte. »Fehlt Ihnen etwas?«, versuchte die Verkäuferin der Kundin auf die Sprünge zu helfen, doch spitz behauptete diese, dass sie nichts vermisse. Erst als sie begriff, dass es von Vorteil sei, doch etwas zu vermissen, ging ich. In meinen Rücken hinein hörte ich die Verkäuferin noch sagen: »Da, diese Kundin hat Ihr Portemonnaie gefunden und abgegeben.« Doch die Portemonnaie-

Dame hatte offensichtlich nicht vor, mehr als das absolut Nötige zu tun – und das tat sie dann auch: Sie nahm ihren gut bestückten Geldbeutel und versenkte ihn in der Tiefe ihrer Tasche.

Manchmal ist die Geheimnummer meiner EC-Karte, mit der ich nicht nur bei Real gerne zahle, so geheim, dass selbst ich sie nicht weiß. Das war diesmal beim Bezahlen an der Kasse nicht der Fall. Und so kam es, dass ich in geradezu atemberaubendem Tempo mit meinen Waren die Kasse passierte und deshalb noch sah, dass ein buntes Kleidchen ziemlich kleiner Kleidergröße in den Gang einer entfernteren Kasse flitzte. Die Kasse war nicht in Betrieb und so warf ich beim Vorbeigehen einen Blick auf dieses kleine Kleid und auf zwei große, abweisende dunkle Augen. Nanu! Ich stoppte, denn Menschen unter einem Meter laufen in der Regel nicht alleine in einem Supermarkt herum. Da ich weit und breit keine hysterische Mutter oder zumindest keine besorgte nach dem Kind suchen sah, hockte ich mich in einigem Abstand vor das Mädchen hin und begann mit zuckersüßer Stimme das Kind anzusprechen. Ganz viel »Mama« kam in meinem Säuseln vor und »suchen« und »keine Angst«. Langsam wurde das abweisende Gesicht des braunhäutigen Mädchens freundlicher. Als ich ihm meinen Zeigefinger entgegen streckte, griff es danach. Gemeinsam machten wir etliche Schritte, dann zeigte die Kleine mit der freien Hand Richtung Ausgang. Kaum hatten wir zwei den Real durch die große Schiebetür verlassen und der Blick auf einen etwa 40 Meter entfernten Verkaufswagen wurde frei, an dessen Wand viele Hähnchen dicht an dicht sich emsig auf Spießen drehten, um ihren blassen Teint in ein attraktives Braun zu verwandeln, spürte ich, dass das Mädchen meinen Finger fester fasste. Und dann ertönte schon die keifende Stimme einer jungen Frau, die zusammen mit ein paar Männern vor dem Verkaufswagen stand: »Sie können das Kind behalten«, schrie sie in bösem Ton. »Behalten Sie das Kind. Drei Euro und es gehört Ihnen! Drei Euro!!«

Meine ganze Schlagfertigkeit war dahin und nicht einmal ein Schimpfwort aus meinem aktiven Wortschatz fiel mir ein, so erschlagen von so viel Ignoranz gegenüber diesem kleinen Menschen war ich. So protestierte ich nur schwach: »Das Kind braucht nicht mich, sondern Sie als seine Mutter.« Im Weggehen hörte ich das Mädchen laut weinen und die Frau böse schimpfen.

Dieser Vorfall beschäftigte mich bis zum nächsten Morgen. Normalerweise würde ich der Mutter unterstellen, einen Witz, einen bösen zwar, aber immerhin einen Witz gemacht zu haben. Merkwürdig fand ich, dass sie sorglos außerhalb des Discounters ein Hähnchen kaufte, während ihr Kleinkind im Laden herumlief. Auch dass das Mädchen meinen Finger deutlich fester fasste, als es die Mutter sah, war für mich bedenkenswert. Alles zusammen veranlasste mich am nächsten Montag im Jugendamt anzurufen, um eine Einschätzung des Vorfalls zu erhalten.

Die Fachfrau fand einen möglichen Verkauf nicht völlig abwegig. Deshalb habe ich mit ihr besprochen, dass ich bei einem nächsten Angebot dieser Art ohne Umwege die anrufe, die kleine Mädchen beschützen.

(K)ein schlotterndes Kaninchen vor der bösen Schlange

Wie reagiere ich in gefährlichen Situationen? Kann ich mich dann auf meine Geistesgegenwart, eventuell auch auf meine Handlungsfähigkeit verlassen oder hocke ich nur hilflos da, schlotternd wie das Kaninchen vor der bösen Schlange? Das habe ich nie wirklich gewusst.

Seit jenem Samstag weiß ich ein wenig mehr. Nach Mitternacht habe ich meine 17-jährige Tochter und eine Freundin von ihr mit dem Auto von der Geburtstagsfeier eines 18-Jährigen abgeholt. Gefeiert wurde auf einem Bauernhof, ein gutes Stück außerhalb unserer Stadt. Auf der Rückfahrt habe ich auf einer Landstraße kurz vor Krefeld an einer einsamen Bushaltestelle angehalten, um die Adresse der Freundin in mein Navigationsgerät einzugeben. Plötzlich schrecke ich – über das Gerät gebeugt – hoch und sehe, dass die Beifahrertür offen ist und ein Mann hereinschaut. Schlagartig überfällt mich Angst, richtige Angst, denn ein Mann, der um diese Uhrzeit aus dem Dunkeln auftaucht und ohne Vorwarnung halb im Auto hängt, bedeutet Gefahr. Jedenfalls für mich. Für die Winzigkeit eines Augenblicks überlege ich: Die Mädchen sitzen hinten und sind, wie ich, angeschnallt. Rasches Handeln, also weglaufen, ist damit nur schwer möglich. Ich weiß, dass entweder blitzschneller Rückzug oder geballte Aggression angesagt ist. Blitzschneller Rückzug geht nicht, also geballte Aggression. So schreie ich diese Person mit der mir maximal möglichen Schärfe und Gewalt im Ton an: »Machen Sie SOFORT die Tür zu!! Schließen Sie die Tür, SOFORT!!«

Und tatsächlich ... die Person wankt ... taumelt zurück ... und schließt die Beifahrertür.

Ich bin grenzenlos erleichtert!

Da sagt meine Tochter leise: »Mama, das war eine Frau, die gefragt hat, ob wir das Taxi seien.« Ich glaube es kaum. Konnte das wahr sein? Für kurze Zeit sitze ich wie erstarrt hinter dem Steuer und bin fassungslos. Dann kehrt meine Handlungsfähigkeit zurück. »Arme Frau«, denke ich. Spontan öffne ich meine Fahrertür und steige mit einem Bein aus. Stehend spähe ich in der Dunkelheit nach meinem Opfer. Die Frau lehnt mitgenommen an einem Baum. »Bitte entschuldigen Sie«, sage ich in ihre Richtung und als würde das alles erklären, füge ich hinzu: »Ich habe mich sehr erschreckt.« »Ich habe mich auch sehr erschreckt«, sagt sie mit leiser Stimme, »Jedoch muss ich mich entschuldigen.«

»Kann ich etwas für Sie tun?«, frage ich noch, weil ich das Gefühl habe, hier etwas gutmachen zu müssen. Ihr »Nein, danke.« ist wie eine Strafe für mich, doch ich akzeptiere sie. Während ich wieder losfahre und die Mädchen nach Hause bringe, grübele ich über den Zwischenfall nach. »Hoffentlich kommt diese Frau trotz der späten Stunde gut an ihr Ziel«, wünsche ich mir.

Am nächsten Morgen kann ich bereits das Positive dieses Angsterlebnisses erkennen, denn jetzt weiß ich mehr: In der scheinbar größten Not sind mir Kräfte zugewachsen, das habe ich deutlich gespürt. Also... nix mit schlotterndem Kaninchen vor der bösen Schlange. Jedenfalls nicht diesmal.

Mutter, du bist peinlich!

Ich weiß, dass es bei den lieben Kindern ein Alter gibt, in dem Mütter und manchmal auch Väter peinlich sind. Bei Söhnen kann es sogar so weit kommen, dass es an Rufmord grenzt, gemeinsam mit der eigenen Mutter gesehen zu werden. Das sagt zumindest meine Freundin, liebende Mutter zweier Söhne. Gott sei Dank, ich habe Töchter.

Früher, als unsere Töchter klein waren, war ich ihr Halbgott und sie meine Augensterne. Heute bin ich nur noch die Mutter und spätestens mit meinem Engagement als Spielplatzpatin, im Rahmen dessen ich immer wieder junge Leute ansprechen muss und will, bin ich auch bisweilen peinlich. Und ich bin peinlich, seit ich die Freiheiten entdeckt habe, die eine Frau in meinem Alter (irgendetwas zwischen 35 und 49 ¼) hat, im Vergleich zu den unter 35-Jährigen. Ich darf den Kopf hoch, den Rock kurz und den Ausschnitt etwas tiefer tragen, ohne befürchten zu müssen, sofort angebaggert zu werden.

Diese Freiheit im reiferen Alter genieße ich, vor allem, wenn mir der Schalk im Nacken sitzt oder der Teufel mich gerade packt.

Vor einiger Zeit hatte ich meine zwei Teenagertöchter hinten im Auto und stand gerade vor einer roten Ampel. Rechts von mir in der Spur wartete ein Teil, was sich Sportwagen nennt. Drinnen saßen junge Männer - so um die 20 Jahre alt - und hörten etwas, was sie vermutlich Musik nennen, in meinen Ohren aber eher wie Krach klang. Auch mein CD-Spieler lief. Gerade sang Anna Netrebko die Arie der Nixe Rusalka an den Mond. Da kam mir der dringende Wunsch, diese jungen Männer vielleicht das einzige Mal in ihrem Leben mit der Schönheit klassischen Gesangs in Berührung zu bringen, kurz gesagt, sie mal für einen Augenblick an dem teilhaben zu lassen, was ich als Kultur kennen gelernt habe.

Also schaute ich zu den Jungs hinüber und als ich Blickkontakt hatte, bedeutete ich dem Fahrer, sein Fenster herunterzulassen, so wie ich das mit meinem Beifahrerfenster tat. Der Gesichtsausdruck des Mannes und der seiner zwei Mitfahrer war ein einziges großes Fragezeichen. Ich schmunzelte und sagte freundlich: »Hallo Jungs, was hört ihr denn da Schönes?« Der Fahrer war so verblüfft, dass ich meine Frage noch einmal wiederholen musste. Dann nannte er mir den Namen seiner Musik, den ich gleich wieder vergaß, weil er mir nichts sagte. Ich nickte und meinte:

»Gar nicht so schlecht.« Das war zwar nicht wirklich ehrlich, eigentlich sogar ziemlich unehrlich, aber es war nicht mein Ziel, diese jungen Männer zu beleidigen. Dann fragte ich: »Wollt ihr mal hören, was ich gerade höre?« Notgedrungen oder vielleicht auch netterweise, nickten sie und ich drehte die Lautstärke bei mir hoch.

»Was ist das?«, fragte der junge Fahrer nach kurzem Hinhören: »Das ist klassische Musik«, meinte ich. »Schön!«, log vermutlich jetzt er. Dann nickte ich und grüßte, er grüßte zurück und wir schlossen wieder die Fenster.

Während meine Töchter vor Scham fast auf den Fußboden des Autos gesunken waren, um nicht mit dieser Frau zusammen gesehen zu werden und der junge Mann, ebenso wie die zwei anderen Jungs in seinem Auto, immer noch ungläubig dasaßen und sich vermutlich fragten: »Was war das?«, fuhr ich schmunzelnd, als die Ampel grün wurde, los und war mit mir hoch zufrieden. Meinen Töchtern aber musste ich versprechen, niemals wieder so peinlich zu sein. Schade!

Teil 2 – Bonn war schön, Krefeld ist das Leben

Die Geburt einer Spielplatzpatin
Ein Neuanfang ohne Reue

»Haben Sie Ihren Umzug von Bonn nach Krefeld nie bereut?«, werde ich nun schon fast 8 Jahre lang gefragt: »Nein, das habe ich nicht«, ist meine immer gleiche Antwort, denn...: »Bonn war schön, doch Krefeld ist das Leben.« Mein Gegenüber schüttelt in der Regel leicht den Kopf und sein Gesichtsausdruck sagt, dass ihn meine Antwort nicht klüger gemacht hat. Deshalb erkläre ich geduldig:

»Die Zeit in Bonn war schön, keine Frage. Dort, wo wir gewohnt haben, erzählen bereits die Straßennamen davon, dass dort Bürgertum, Kultur und Wohlstand wohnen: Malteserstraße, Richard-Wagner-Straße, Franz-Lizst-Straße... . Krefeld ist anders. Zwar gibt es auch hier die Betuchten, die Gesunden, die vom Glück und vom Erfolg Verwöhnten und in Bonn gibt es – wie hier ebenfalls – die Kranken, die Armen und die Benachteiligten. Doch die ganze Bandbreite menschlicher Möglichkeiten ist in Krefeld sichtbarer, weniger versteckt, hautnäher.

Dieser Umstand schreit danach, sich zu engagieren, seine Fähigkeiten ebenso wie seine Zeit einzusetzen. Dieses Nah-Am-Menschen-Sein macht menschlicher, macht lebendiger.«

Von mir kann ich heute sagen, dass insbesondere meine Aufgaben als ehrenamtliche Spielplatzpatin der Stadt Krefeld mich den Menschen und dem Leben hier näher gebracht haben.

Von Mopeds, Sprayern und von Rambazamba

Das Wohnviertel in Krefeld, in dem wir vor einigen Jahren unser Haus kauften, darf als solide, gut bürgerlich und friedlich bezeichnet werden – solange es Winter ist. Doch mit den ersten Sonnenstrahlen des Frühlings erwacht alljährlich ein ungeahntes Treiben im angrenzenden, weitläufigen Grüngelände, ein Treiben, das die Winterkälte dem Ahnungslosen sorgfältig verborgen gehalten hat:

Die Mädchen ziehen die dicken Jacken aus und jedermann sieht, wie viele Schönheiten hier zu den drei Schulen im Grüngelände gehen. Die Jungen dagegen holen ihre motorisierten Zweiräder aus dem Winterschlaf, lassen sie begeistert aufjubeln und zeigen, wie waghalsig sie fahren können.

Ungläubig staunend beobachteten wir in unserem ersten Krefelder Frühling, wie von nun an diese Zweiräder nicht nur die Fuß- und Radwege im Park eroberten, sondern sogar den Spielplatz hinter unserem Haus. Mit tief ins Gesicht gezogener Kappe und hoch geklapptem, jetzt verdecktem Nummernschild fuhren die Mutigsten den kleinen Wall herunter, der den Platz an einer Längsseite begrenzt und landeten dann mit Schwung auf der großen

Spielwiese des Spielplatzes. Am frühen Nachmittag tauchten auf dem Gelände die ersten Partymacher auf, die mit Bier- und Schnapsflaschen gut versorgt auf den Abend warteten. Mit schwindendem Tageslicht gesellten sich Personen hinzu, die das Dunkel brauchen, um ihrer Arbeit nachzugehen. Dies waren die Sprayer, die sich um Parkbänke und Spielgeräte »kümmerten«, die Verkäufer ohne Namen, die in den Ecken Waren anboten, die angeblich das Leben leichter machen und nicht zuletzt reisten die an, die gerne montieren, umbauen oder auseinander nehmen, kurzum Rambazamba machen, wie ich es nenne.

Doch auch unter den Kindern und Jugendlichen auf dem Platz gab es immer wieder Rambazamba, so dass mich unsere Töchter zum Problemlösen holten: »Mama, da bedrohen zwei Große drei Kleine mit Softair-Gewehren.« Das brachte nicht nur mich, sondern auch meinen Mann auf die Beine.

Laute Nächte, Rambazamba auf dem Platz, wo auch unsere Kinder spielen wollten und nicht konnten, außerdem immer wieder kriminelle Szene fast auf Tuchfühlung – ich wusste, dass wir uns entscheiden mussten: Entweder machen wir uns klein, sehen und hören nichts, überlassen das Feld den Chaoten und werden außerdem dabei unglücklich oder wir unternehmen etwas, geben den Kindern den Spielplatz zurück und haben selbst die Chance zum Glücklichwerden.

»Du machst die Arbeit einer Spielplatzpatin«, schmunzelte irgendwann mein Mann, als ich mal wieder von einem Spielplatzeinsatz nach Hause kam.

Spielplatzpatin!? Ein paar Tage lief ich damit schwanger, dann war mir klar, dass hier der Schlüssel zur Lösung vieler Probleme liegen konnte. So nahm ich den Telefonhörer und bewarb mich als Spielplatzpatin der Stadt Krefeld.

Spielplatzpaten hüten und werden selbst gehütet

Spielplatzpaten sind ehrenamtlich im Auftrag der Stadt unterwegs. Sie hüten einen Spielplatz und werden selbst von einer Beauftragten der Stadt gehütet, weshalb ich diese Person »die Hüterin« oder noch lieber »die Hirtin« nennen will.

»Spielplatzpaten können sich zusammen mit der Stadt um die Sicherheit des Platzes bemühen. Sie können für Events auf dem Platz sorgen, wie ein Sommerfest, stadteigenes Spielzeug ausleihen und sich um Sauberkeit und Spielplatzgeräte mitkümmern«, erklärte mir die Stimme am Telefon, die ich später als die Hirtin kennen lernen sollte.

»Unterstützung erhalten Sie von mir, dem Jugendamt, sowie auf Nachfrage vom Grünflächenamt, vom Ordnungsamt und von der Polizei«, fuhr die Stimme fort und nahm mir die Sorge, dass ich allein den Platz von Dealern und Randalierern befreien müsse.

Einige Tage nach unserem Gespräch reichte ich der Hirtin bei mir zu Hause zur Begrüßung die Hand. Damals stand sie blond vor mir, später sah ich sie auch mal mit roten Haaren. Außerdem trug sie Lederhosen, war der Jugendsprache mächtig und beherrschte die Kunst des aktiven Zuhörens. Eine Frau wie die Hirtin hatte ich nicht erwartet. Sie war mir gleich sympathisch.

Ihr Besuch bei mir an diesem Frühherbstnachmittag hatte zum Ziel, dass wir uns gegenseitig kennen lernen und ich – bei Eignung – anschließend den Vertrag zwischen der Stadt und mir als zukünftige Spielplatzpatin unterschreibe.

Von den Problemen, die der Spielplatz hinter unserem Haus hatte, wollte ich der Hirtin gleich erzählen, weil sie gravierend waren – wie nicht nur die Kinder und ihre Eltern, sondern auch die Anwohner fanden. Da niemand überzeugender als ein Betroffener selbst über ein Problem berichten kann, hatte ich ein paar von ihnen zusätzlich eingeladen.

Als wir in unserem Wohnzimmer im Kreis saßen, erzählten die Sechs-, Neun- oder Zehnjährigen der Reihe nach von den Mopeds, die immer mal wieder über das Spielgelände fahren und manchmal sogar Rennen veranstalten. Sie beschwerten sich über die großen Jungen, die regelmäßig die Schaukeln besetzen und sie, wenn keiner hinsieht, gelegentlich ein wenig »verändern«. Sogar der viele Schmutz, die Glasscherben und nicht zuletzt die Dealer, die in den frühen Abendstunden oder zur Zeit der Schulpausen der drei in der Nähe gelegenen Schulen Geschäfte machen, kamen zur Sprache. Die Liste der Sorgen war also lang, wenngleich ich wusste, dass wir ein Problem noch vergessen hatten. Doch dieses wollte mir einfach nicht einfallen.

Nun entschloss sich die Hirtin mit Recht, den Platz mal in Augenschein zu nehmen. Da nicht zu jeder Zeit und fortwährend Rambazamba auf dem Spielgelände herrscht, hoffte ich, auf den paar Metern Fußweg von unserem Wohnzimmer bis zur Spielanlage inständig, dass – bitte! – ein Moped auftauchen möge oder wenigstens ein Randalierer – und sei er auch noch so klein. Diesen Besuch sah ich als einmalige Chance an, einen Vertreter der Stadt hautnah den »wilden Westen« erleben zu lassen, um das Interesse und die Unterstützung der Stadt hierhin zu lenken. Doch meine Hoffnung war dahin, als wir den Platz betraten. Von einem strahlend blauen Himmel schien die Sonne auf ein Idyll: grüne Wiesen, weite Sandflächen, spielende Kinder und glückliche Mütter. Sich hier auch nur ein bisschen Krawall vorzustellen, fiel auch der gutwilligen Hirtin vermutlich schwer. Doch dann ertönte ein leiser unterdrückter Schrei. Die Hirtin hob leicht angewidert ihren rechten Fuß. Der Schuh war mit einer braunen, stinkenden Masse verschmiert. Ach ja, das war das fehlende Problem: die Hunde und ihre Hundehaufen. Gott sei Dank! Wenigstens auf sie war Verlass!

Wieder zurück im Wohnzimmer legte mir die Vertreterin vom Jugendamt einen Vertrag vor – den Vertrag! Bevor sie mir den Stift zum Unterschreiben gab, fragte sie mich noch einmal nach den Gründen, mich ehrenamtlich für den Spielplatz zu engagieren. »Ich mag Kinder«, sagte ich etwas verschämt. »Ich finde Kinder klasse!« »Das merkt man«, entgegnete sie zu meiner Freude und reichte mir den Stift.

Wo bitte geht es hier zum Ziel?

Seit ich die Aufgaben einer Spielplatzpatin übernommen habe, sind einige Jahre vergangen. Die Mopeds sind inzwischen fast ebenso ausgewandert wie die Dealer, die hier ansässigen Hundebesitzer respektieren weitgehend den Spielplatz als Rückzugsplatz für die Kinder und Alkoholfeten werden nur noch ab und zu gefeiert... doch bis dahin war es ein gutes Stück Weg.

Dieses gute Stück Weg begann zunächst mit sehr viel Unsicherheit. Ich war unsicher, ob ich mich den Eltern und den Kindern auf dem Spielplatz vorzustellen habe. Ich war unsicher, wie ich den großen und kleinen Jungen sage, dass Trinkgelage, Mülleimer anzünden und vor allem Moped fahren auf dem Spielplatz unpassend seien. Ich war unsicher, wann ich die Polizei zu meiner Hilfe anfordern konnte und ich war unsicher in der Einschätzung der Spielplatznutzer. Waren die zwei glatzköpfigen Männer, die soeben einem teuren Auto entstiegen waren, jede Menge Muskeln geschmückt mit jeder Menge Tatoos zur Schau trugen und ohne Kinder auf dem Platz ankamen, vielleicht doch keine Drogenhändler, sondern liebende Väter vieler Kinder?

Ich tastete mich also unsicher und vorsichtig an die Probleme heran.

Als erstes nahm ich mir die Mofa- und Mopedfahrer vor: »Jungs, ich will euch nicht ärgern, aber...«, so begann ich meine vielen Gespräche mit den jugendlichen Fahrern und der Bitte, den Spielplatz denen zu überlassen, die ansonsten keinen Platz haben, um unbekümmert zu spielen. »Ja klar, machen wir!«, die Zusicherungen klangen immer gleich und sehr ehrlich. Doch die Zahl der Mofas und Mopeds nahm nicht ab. Stattdessen erzählte mir ein Nachbar, dass er sich nur durch einen Sprung in die Büsche vor einem Moped habe retten können. Eine Mutter war tatsächlich einmal angefahren worden und stand so unter Schock, dass sie den Mofafahrer einfach weiterfahren ließ. Diese Berichte ließen meinen Wunsch, hier für Veränderung zu sorgen, zum Willen und zuletzt zum Entschluss werden und so kam der Tag, an dem ich mich an die Arbeit machte. Zunächst suchte ich mir ein Plätzchen, von dem aus ich in Seelenruhe den Mopedfahrern zusehen konnte, wie sie einzeln und in kleinen Gruppen in die Fußwege der Grünanlage und in den Spielplatz eindrangen, herumkurvten, kleine Wettrennen fuhren. Gleichzeitig fertigte ich eine Dokumentation an, die ich dem Jugendamt und dem Grünflächenamt zur Ansicht schickte. Diese brachte eine Menge Leute auf die Beine. Sie alle kamen, als die Hirtin zum Ortstermin einlud: Jugendamt, Grünflächenamt, Ordnungsamt, Polizei, langjährige Anwohner und ich als Spielplatzpatin. Schnell war man sich einig: »Drängelgitter für den Eingang zur Grünanlage und für die Eingänge des Spielplatzes müssen her.« Damals war es Herbst, dann kam der Winter und schließlich der Frühling. Dieser hatte nicht nur Tulpen und Narzissen im Gepäck, sondern auch die Drängelgitter! Seitdem ist hier jedem motorisierten Teenager klar: Hier geht nichts mehr.

Mit den milden Temperaturen und der Lust auf den Spielplatz kam auch etwas anderes wieder in Schwung – der Handel mit Pülverchen und Pillchen. Die Anbieter solcher Ware bekam ich selbst nie zu Gesicht, aber die Kinder und Teenager und selbst ein Elternpaar, das bei mir an der Haustür klingelte, erzählten mir von ihnen. Nur einmal wurde ich an einem schon dunkelnden Abend von großen Kindern geholt, die mir zwei Typen zeigten, die ihnen soeben Stoff angeboten haben sollten. Ich zückte mein Handy und ermunterte einen der Jungen bei der Polizeileitstelle anzurufen, damit er lerne, selbstständig Hilfe zu holen. Das Gespräch mit der Leitstelle war enttäuschend. Der Junge hatte große Mühe, von der Polizei ernst genommen zu werden. Unterdessen hockten die zwei jungen Dealer auf dem ansonsten leeren und dunklen Spielplatz auf einer Bank. Als sich nach einer halben Stunde ein Polizeiwagen mit lautem Martinshorn näherte, waren die zwei Männer sofort verschwunden.

Noch oft musste ich polizeiliche Hilfe anfordern. Viele Male kamen die Beamten scheinbar umsonst, weil sich die Fremdnutzer blitzschnell aus dem Staub machten, wenn der Wagen vorfuhr.

Doch die Polizei lernte schnell. Schon bald kam sie ohne den warnenden Ton des Martinshorns daher und schaltete nachts zusätzlich das erleuchtete Polizeischild auf dem Autodach aus. Einmal wurde ich kurz nach Mitternacht wach, weil laute Männerstimmen vom Spielplatz bis in unser Schlafzimmer drangen, außerdem hörte ich dumpfe Schläge, so als ob die Spielgeräte vermöbelt würden. Als der Polizeiwagen vorfuhr, schwangen zwar die Reifenschaukeln noch hin und her, der Spielplatz jedoch war leer. Doch das Ziel war erreicht, Ruhe kehrte ein und mit ihr kam der Schlaf. Eine halbe Stunde später war ich wieder wach. Die vielleicht sechs russischen Männer waren zurück. Sie schrien, gleichzeitig schlugen sie dem Hören nach erneut auf die Geräte ein. Provokation lag in der Luft. Und ich ließ mich provozieren und griff zum zweiten Mal zum Telefonhörer.

»Diejenigen, die ein Gespräch mit der Polizei meiden und das Weite suchen, wenn die Schutzmacht anrückt, diese Leute möchte die Polizei erst recht sprechen«, sagte mir einmal der hiesige Bezirkspolizist. Das erklärte, warum sich nur fünf Minuten später drei Polizeilimousinen von drei verschiedenen Seiten dem Spielplatz näherten, dann die Beamten aus den Wagen stürzten und den Platz umzingelten. Ein Entkommen war jetzt nicht mehr möglich. Wer sagts denn – auch die Polizei hat Ehrgeiz!

Durch solche und andere Aktionen gefiel es den Trinkern, Randalierern und Dealern immer weniger auf dem Spielplatz. Ihre Ruhe war dahin, ihre Geschäfte wurden gestört und auch ihre Sicherheit war gefährdet! So machten sie es, wie es die Wühlmäuse in einer Schrebergartenanlage machen: Sie ziehen in den Garten mit dem tolerantesten Wühlmaus-Schrebergarten-Gärtner um, also an den Ort mit dem geringsten Vertreibungsdruck. Ein solcher Ort des Dealer- und Randalierer-Friedens war der Spielplatz nun nicht mehr.

Schwarze Männer und finstere Gestalten

»Schnell! Du musst ganz schnell kommen! Auf dem Spielplatz sind ganz viele schwarze Männer!«, ziemlich aufgeregt stand einer der 10- bis 12- jährigen Jungen vor meiner Haustür, die mich holen, wenn ein Kind oder der Spielplatz selbst in Not ist.

Es war ein schöner Samstagabend, die Familien waren bereits nach Hause gegangen, um ihre »laufenden Meter« ins Bett zu bringen. Die Zeit des Publikumwechsels war da und damit auch die Zeit, ein kritisches Auge auf die neuen Besucher zu werfen. Schon seit einer halben Stunde drang lautes Rufen und Schreien von Männerstimmen vom Platz. Obwohl mein Unterstützer in Spielplatzfragen – mein Mann – zu der Zeit nicht zu Hause war, entschloss ich mich – ein wenig mit klopfendem Herzen – mal unverbindlich vorbeizuschauen. Mein erster Blick auf die schwarzen Männer ließ mich erleichtert aufatmen. Ein Trupp von vielleicht 15 bis 20 jungen Tamilen im Alter von vielleicht 16 bis knapp über 20 amüsierte sich lauthals auf dem Seilgerüst und auf der Seilbahn. Mit Tamilen hatte ich schon mal zu tun gehabt. Damals waren sie freundlich und einsichtig. Mein zweiter Blick über den Platz allerdings ließ mich wiederum zusammenzucken. Auf dem großen hölzernen Drehteller saßen sechs junge Männer, die auf mich durch ihr Äußeres, ihre Haltung und ihre Mimik einen mehr als finsteren Eindruck machten. Insbesondere ein junger Mann mit Dreitagebart, Arm-Tatoos und einem Blick, der alle meine Alarmglocken schrillen ließ, erfüllte meine Vorurteile von einer »finsteren Gestalt«. Etwas zittrig, aber äußerlich gelassen wirkend, so hoffte ich, stapfte ich zunächst über die Wiese zu den schwarzen Männern, die sich sogleich um mich scharten.

Für den Fall, dass es eigentlich nichts zu bereden gibt, ich aber dennoch ein Gespräch führen will, um zu zeigen, dass der Spielplatz betreut wird, hole ich mein Standardrezept hervor: »Hallo Jungs«, meine Begrüßung halte ich bewusst leger und immer freundlich. Dann stelle ich mich kurz vor und sage, dass ich eine Bitte habe.

Es ist immer die Bitte sachgerechter und pfleglicher Behandlung der Spielgeräte, insbesondere der Seilbahn, die nun mal nicht für drei junge Männer, die sich gleichzeitig an sie hängen, gemacht ist. Ein größerer, sympathisch wirkender Jugendlicher übernahm die Wortführung: »Wir sind anständig. Wir machen nichts kaputt«, sagte er freundlich, aber bestimmt. Ja, klar… das wusste ich auch und zwar noch bevor ich meine Bitte vorgebracht hatte. »Das weiß ich«, beschwichtigte ich den jungen Tamilen. »Aber die da«, und ich wies auf die sechs finsteren Gestalten hin, die vermutlich für den McDonalds-Abfall rund um den Drehteller verantwortlich waren, »die machen mir keinen guten Eindruck.« Ja, das sahen die Tamilen genauso. »Da will ich aber trotzdem mal vorbeigehen«, sagte ich. Gefühlsmäßig hätte ich mich viel lieber still vom Platz gemacht, aber mein Verantwortungsbewusstsein schrieb mir etwas Anderes vor, ja und auch mein Stolz: Beide sagten: »Weglaufen kann jeder, aber Probleme lösen….« Ich musste also dahin! Aber nicht allein! »Kommt jemand von euch mit?«, fragte ich die Tamilen und versuchte, dabei unbekümmert zu klingen. Der Wortführer erfasste am schnellsten meine Lage. »Ich komme mit«, sagte er sofort und zu meiner großen Erleichterung. »Ich komme auch mit«, ergänzte ein zweiter. »Wir kommen alle mit«, erklärte ein dritter, der sich vermutlich mehr um seine zwei Leute sorgte als um mich. Innerlich feixte ich dennoch, was für einen klugen Schachzug ich gemacht hatte! Und was würden die »finsteren Gestalten« dazu sagen? Selbstbewusst drehte ich mich um und ging langsam auf den Drehteller zu. Es muss ein beeindruckender Zug gewesen sein. Eine entschlossene Frau an der Spitze, dahinter 15 junge, dunkle Männer, von denen ich vermutete, dass sie zu der Gruppe Tamilen gehören, die an manchen Wochenenden auf dem nahe gelegenen Sportplatz das soldatische Marschieren üben. Die sechs »finsteren Gestalten« saßen ganz still. Mit angespannten und auch fragenden Gesichtern blickten sie uns entgegen.

In meiner Euphorie vergaß ich ganz und gar mich vorzustellen, stattdessen polterte ich gleich los als ich mit meinen Bodyguards am Drehteller ankam: »Hört mal, Jungs!«, das kam ziemlich forsch, »Es gibt fünf Laster, die auf diesem Platz nicht geduldet werden.« An meinen Fingern zählte ich sie auf: »Alkoholfeten, Drogen, Randale, Zigarettenkippen in den Sand entsorgen und auch ansonsten Abfall einfach in die Pampa werfen.« Der Finsterste der finsteren Gestalten schaute mich durchdringend an. »Ist gut«, nickte jedoch einer der anderen fünf. »Das machen wir alles nicht.« »Und was ist das da?«, fragte ich und wies auf die zahllosen Mc-Donalds-Tütchen, in denen lediglich eine abzählbare Menge an

Pommes Frites oder ein Papp-Cheeseburger Platz haben. So schnell wollte ich mir nicht den Wind aus den Segeln nehmen lassen. »Den machen wir weg.« So, jetzt war es passiert! Dieser Satz von einem der sechs finsteren Gestalten ließ mich endgültig auf den harten Boden der Realität zurückkehren: So finster waren die Absichten der sechs finsteren Gestalten also gar nicht. Und wenn man genauer hinsah, schien der Sprecher vernünftiger als vermutet. Teenagermädchen würden vielleicht sogar sagen: »Der ist aber süß!« und dabei ein bisschen kichern. »Nun ja, dann mal einen schönen Abend noch«, zog ich mich zurück. Doch im Stillen wollte ich meinen ersten Eindruck noch nicht vollständig revidieren. »Der nächste Morgen wird die Wahrheit schon ans Licht bringen«, dachte ich und vor meinem inneren Auge erschienen Berge von Glasscherben, riesige Müllhaufen und ein ramponierter Drehteller.

Und in der Tat, der nächste Morgen war wie eine Offenbarung – nur anders als gedacht. Der Abfall war weg. Die Spielgeräte waren unbeschädigt. Und auch ansonsten zeigte der Platz keinerlei Spuren davon, dass sich hier am Vorabend schwarze Männer vergnügt und finstere Gestalten ausgeruht hatten. Pech gehabt, Spielplatzpatin!

Oder doch vielleicht Glück?

Tat oder Untat?

Raub, Dealerei, Aufbruch des Spielcontainers und versuchter Diebstahl vieler Spielgeräte, das Bedrohen von Kindern und Erwachsenen mit Worten und mit Waffen, all das hat es auf dem Spielplatz an kriminellen Vergehen gegeben. Erzählen kann ich aber nur von den Geschichten, die fremde Personen nicht bloßstellen. Deshalb erzähle ich nichts von Mord und Totschlag, sondern nur von.... zum Beispiel meiner ersten großen (Un-) Tat als Spielplatzpatin.

Es ist ein kalter, klarer Herbstmorgen. Ich tausche gerade Nachthemd gegen Jeans, als ich einen Blick durchs Schlafzimmerfenster werfe: zum blauen Himmel, zu den schon unbelaubten Bäumen zwischen der Häuserreihe und dem Spielplatz und fast unbeabsichtigt auf den Spielplatz selbst. Ich bin überrascht, dort stehen bereits vier Schüler – zwei große und zwei etwas kleinere. Ein großer steht so dicht vor einem der kleineren und sagt augenscheinlich etwas zu ihm, dass es mir fast wie eine Bedrohung, vielleicht wie eine Erpressung vorkommt. Deshalb bleibt die Jeans auf halber Höhe meiner Beine hängen, stattdessen schaue ich angespannt weiter. Und tatsächlich, der kleinere Schüler, seine Haare stehen ihm dabei zu Berge, dreht sich zu seiner Schultasche um, wühlt darin, holt etwas heraus und – jetzt erkenne ich es – richtet eine Pistole auf seinen Gegenüber. Fast mit angehaltenem Atem rufe ich meinen Mann: »Schau mal!!! Ist das eine Pistole?«

Dieser bleibt cool: »Ja, das ist eine Pistole.« »Ich muss dahin und zwar sofort.« » Bist du verrückt, das könnte eine echte Pistole sein.« Jetzt ist mein Mann nicht mehr cool. »Mich wird schon niemand erschießen«, bleibe ich bei meinem Vorhaben und schleiche mich unter dem Protest der Familie aus dem Haus und zum Spielplatzeingang. Dort spähe ich vorsichtig um die Büsche zu den Schülern auf den Platz. Was ich sehe, ändert meine Pläne sofort – statt vier stehen jetzt mindestens 10 große Jugendliche dort. »Ach nein, da musst du jetzt nicht zwingend hin«, denke ich. Bei 10 Schülern erfolgreich die Flucht zu ergreifen, wenn sie zu ergreifen nötig werden sollte, erschien mir noch viel unmöglicher als bei vier. Mein Bauch fühlt sich flau an und verunsichert bin ich auch, deshalb trete ich den Rückzug an und wähle nicht sehr glücklich die Telefonnummer der Polizeileitstelle. Was soll ich dem Beamten sagen? Die Polizei will von Taten hören und nicht von Vermutungen. Schließlich erzähle ich das, was ich gesehen habe. Auf meine Frage: »Was raten Sie mir zu tun?«, heißt es ohne zu zögern: »Wir kommen.«

Und sie kommen... nicht mit einem Auto, wie ich annehme, nicht mit zwei... nein, mit einem Großaufgebot an Autos und an Personal. Die Polizisten umstellen die gesamte große Grünanlage, in der der Spielplatz liegt und durchstreifen sie systematisch. Jeder Schüler, jedes Hundeherrchen, jede nette Kinderfrau mit kleinem Pflegling und jeder eifrige Jogger wird angehalten, auf Waffen durchsucht und die Taschen überprüft. Doch eine Pistole kommt nicht zum Vorschein.

Dafür tauchen zwei Beamtinnen bei mir auf. Mittlerweile ahne ich, dass ich den Schüler mit der Pistole kenne, sogar recht gut kenne, weil er zu den aktuellen Spielplatzpappenheimern zählt.

Ich hätte eine Ahnung, wer der Pistolenschüler sein könne, sage ich zu den Polizistinnen, die die ganze Story noch einmal hören wollen. Doch zuerst wolle ich mit dem Schüler selbst sprechen, um das abzuklären. Das akzeptieren die beiden Beamtinnen und verlassen das Haus. Auf ihrem Rückweg stoßen sie auf Schüler, die mehr wissen als ich. Von ihnen erfahren sie genau diesen Namen und in welcher Schule der Pistolenjunge jetzt zu finden sei.

Am Nachmittag sitzt der Junge mir an meinem Küchentisch gegenüber. »Seit wann hast du diesen Igellook?«, frage ich ihn als erstes und deute empört auf seine Haarstacheln, denn ich kenne ihn nur mit glatten Haaren. »Seit gestern«, sagt der Schüler ziemlich zerknirscht, dann erzählt er: »Als die schweren Polizeilimousinen auf den Schulhof fuhren, saß ich gerade im Klassenraum und schaute aus dem Fenster. Da habe ich sofort gewusst, was jetzt kommt: Türe auf, ich raus, meine Tasche raus, Tasche auf, Pistole raus.« »Und? Was für ,ne Pistole war's?« Jetzt will ich es endlich wissen. »Natürlich nur ,ne Softair. Aber eine, für die man ,nen kleinen Waffenschein braucht. Doch die können mir gar nichts, ich bin noch 13.« Hier klingt eine Menge Trotz mit. »Ich werd' erst nächste Woche 14.« Darüber ist er froh. »Mensch Mann, wegen deiner Frisur hab ich dich nicht erkannt. Sonst wäre alles anders gelaufen«, versuche ich mich vor dem Jungen zu rechtfertigen, aber auch vor mir selbst. »Gibt`s Ärger?«, frage ich etwas zaghaft. »Ja, klar. Die Schule macht ,nen Aufstand. Und Zuhause....ich weiß nicht, wie ich das meinem Vater sagen soll.« »Die Schule kann ich gut verstehen. Der letzte Amoklauf eines Schülers mit Toten ist erst ein paar Wochen her. Da reagieren alle hoch allergisch auf Waffen in der Schule«, überlege ich laut. »Und die Polizei natürlich auch«, sinniere ich einen Moment weiter. »Und ich vermutlich auch«, das wird mit erst jetzt klar. Insgeheim fürchte ich, dass man den Jungen von der Schule weist. Deshalb gebe ich mir einen Ruck und beschließe, in die Offensive zu gehen. »Ich rede mit der Schulleitung und mit deinem Vater rede ich auch. Ich sag's ihm. Du wirst sehen, das kriegen wir wieder hin«, versuche ich dem Jungen und auch mir Mut zu machen. Er tut mir Leid. Und mir selber tue ich auch Leid. »Habe ich übertrieben reagiert? War das keine gute Tat, sondern eher er eine Untat?«, frage ich mich im Stillen. Gerne würde ich mir sagen: »Du hast alles richtig gemacht.« Doch eine Stimme im hintersten Winkel meines Ichs gibt sich mit einem Freispruch nicht zufrieden. Sie stellt weiterhin unangenehme Fragen.

Für den Jungen geht die Geschichte letztendlich erträglich aus. Ich rede mit dem Vater und ich rede mit der Schulleitung – keine leichten Gespräche. Ein wichtiges Argument von mir, den Jungen nicht zu hart zu bestrafen, ist, dass der Teenager nicht über die Gefahren, die von solchen Softair-Pistolen ausgehen können, ausreichend informiert gewesen sei. Erst recht wisse er nicht, dass man einen kleinen Waffenschein haben müsse, wenn man sich damit in der Öffentlichkeit bewege.

Mit einer Standpauke vom Vater und ein paar Aufgaben und Pflichten von der Schule kommt der Noch-13-Jährige davon. Ich bin erleichtert.

Erst viel später erzählt mir der Pistolenjunge, dass es nur wenige Wochen vor diesem Spielplatzvorfall einen Polizeieinsatz im Krefelder Hauptbahnhof gegeben habe. Ein Fußgänger habe ein Softair-Gewehr in der geöffneten Sporttasche liegen sehen, mit der der Pistolenjunge und ein älterer Freund unterwegs gewesen seien.

Seitdem ich das weiß, kenne ich die Antwort auf die Frage »Tat oder Untat?« Und es kehrt Ruhe ein, Ruhe bei der Stimme, die sich im hintersten Winkel meines Ichs verbirgt und gern unangenehme Fragen stellt.

Das Marderwieselfrettchen

An einem Freitagabend schleppte sich ein Marderwieselfrettchen schwer verletzt durch den Garten unseres Nachbarn. Sein 9-jähriger Enkel, seine 10 Jahre alte Enkelin und deren unzertrennliche Freundin standen daraufhin schon bald auf meiner Haustürmatte und verlangten energisch, dass ich die Tierrettung anrufen solle, um das Marderwieselfrettchen zu retten. »Tierrettung? Nie gehört! Und außerdem ist es Freitag 18.00 Uhr!«, versuchte ich stattdessen meinen friedlichen, ruhigen und beschaulichen Abend zu retten. Doch die Kinder gaben nicht nach, zu drängen und zu bitten und so musste ich notgedrungen mit Schlüsselbund und Handy das Haus verlassen, um das Marderwieselfrettchen zuerst einmal anzuschauen. Das Tier war mittlerweile in den Garten eines der 6-Familienhäuser rechts von uns und vom Spielplatz geflohen. Da saß es nun mit einer großen offenen Wunde auf dem Rücken und zeigte drohend seine spitzen Zähne. Ja, was war es nun, dieses kleine, längliche Tier mit braunem Fell? War es ein Marder? Oder war es ein Wiesel? Oder war es etwas ganz anderes? Mir fiel meine Mutter ein, die ihren Kindern Schallplatten mit Vogelstimmen vorspielte, damit sie die heimische Vogelwelt bereits am Gesang oder auch Zwitschern erkennen konnten. Bei der Welt der Marder, Wiesel und sonstigem ist sie leider nie angekommen. Vorher waren die fünf Kinder meiner Eltern bereits ausgezogen.

»Zunächst einmal müssen wir das kleine Tier einfangen«, erklärte ich der Kinderschar, die vom Spielplatz gekommen war, um die Rettungsaktion mitzubekommen. Während die unzertrennliche Freundin das Tier bewachte, lief ich mit den Enkelkindern in unseren Keller, um den Gitteraufsatz unseres stillgelegten Meerschweinchenkäfigs zu holen. Das verletzte Tier hatte sich mittlerweile in einen anderen Garten verzogen. Bevor ich jedoch in einen fremden Garten einstieg, um das Marderwieselfrettchen zu fangen – wollte ich mir die Erlaubnis dazu beim Eigentümer holen. Als ich glücklich mit dem Ja-Wort des Gartenbesitzers bei den Kindern wieder ankam, hockte das kleine Tier bereits beim Nachbarn. Schnaufend zog ich wieder los, um mir erneut ein Einverständnis zu holen. Als ich froh zurückkehrte, hatte das Marderwieselfrettchen einmal mehr das Grundstück gewechselt. Ich hatte nicht übel Lust, einen fürchterlichen Fluch auszustoßen. Doch ein Blick auf die zahlreichen Erziehungsberechtigten unter den Zuschauern ließ mich lieber schweigen »So geht das nicht weiter!«, sagte ich genervt zu der immer größer werdenden Gruppe von Kindern und Müttern, die alle ein Abenteuer erleben wollten.

Ich nahm den Gitteraufsatz, machte einen großen Schritt über den kleinen Zaun, einen weiteren auf das fremde Eigentum und stülpte dem überraschten Tier den Käfigaufsatz über. Jetzt, da es nicht mehr nach Lust und Laune den Garten wechseln konnte, fauchte das kleine Marderwieselfrettchen um so mehr. Vermutlich litt es fürchterlich an der Rückenwunde, in der bereits Würmer ihre Zersetzungsarbeit taten. Die von mir informierte Tierrettung war unerwartet schnell zur Stelle. Während der junge Mann das Tier vorsichtig in einen kleinen Transportbehälter hob, machte er unserem Rätselraten ein Ende, als was dieses braune Lebewesen einmal geboren worden war. Ein junges Frettchen sei es, das vermutlich ausgesetzt und dann von einem Hund gebissen worden sei. Im Auto werde er es mit einer Spritze einschläfern, informierte mich der Tierschützer leise auf dem Weg zu seinem Fahrzeug. Das Frettchen hätte auch bei guter Pflege keine Überlebenschance. Froh war ich nicht, aber ich sah es ein. Die Kinder ließ ich jedoch im Glauben, dass nun alles gut werde.

Mein Schweigen über den Tod des Frettchens wurde schon am nächsten Morgen bestraft. »Ruf doch bitte mal bei der Tierrettung an und frage, ob es dem Frettchen schon besser geht!«, forderte mich Nachbars Enkel ganz unbedarft auf. »Großer Gott, was sage ich?« Mein Hirn suchte blitzschnell nach einer Lösung, die keine Katastrophe hervorrief. »Sage ich die wahre Wahrheit oder sage ich die bequeme Wahrheit?«, fragte ich mich leicht verzweifelt. Obwohl die bequeme Wahrheit weniger Ärger versprach, entschied ich mich doch für die wahre Wahrheit – und das war gut so. Der Neunjährige reagierte nach der Todesnachricht überraschend verständnisvoll und meinte, dass es sicher dem Frettchen jetzt gut gehe.

Und ich? Ich freute mich über diese Kinder, denn sie sind zweifellos verantwortungsbewusste Tierliebhaber, einsatzbereite Hilfeholer und vernünftige Realisten – sie sind klasse, Chiara, Georgina und Fabian.

Ampullen für die Pistolenanwendung

An einem Sonntagmorgen im Mai bin ich bei meinem frühmorgendlichen Rundgang über den Spielplatz nicht allein auf dem Gelände. Auf der mir gegenüberliegenden Seite bewegen sich zwei Jungen im lichten Unterholz der Bäume und Büsche, die diese Anlage umgeben. Seit der neue Spielecontainer im Kleinkindbereich nach nur fünf Tagen aufgebrochen wurde und sechs Jugendliche versuchten, das Spielzeug wegzuschleppen, fordere ich fast jeden, sei er Kind oder Teenager, auf, einen Kennlernblick in den Container zu werfen. Damit soll die Neugier befriedigt und die bohrende Frage nach dem Inhalt dieses Betonschranks mit Stahltür beantwortet werden Als ich mich nun mit den besten Absichten den vielleicht 9- und 10-Jährigen näher, weichen sie mir zu meiner Verwunderung aus. In den Container wollen sie in keinem Fall hineingucken. Da ich mein Angebot für verlockend halte und nicht aufhöre, zu drängen, verrät mir einer der zwei den Grund für sein abweisendes Verhalten. Die Mutter habe gesagt: »Sprich nicht mit fremden Leuten und gehe auch mit keinem Fremden mit!« Ich bin wie vor den Kopf gestoßen und erst einmal sprachlos. »Wie Recht er hat! Und wie klug er ist! Und wie unbedarft ich bin!«, denke ich noch immer etwas fassungslos. Doch mit diesem Rüffel in meine Richtung ist das Eis gebrochen. Die Jungs erzählen mir, wer sie sind, was sie alles können und wie groß sie schon sind, da sie bereits in die dritte und vierte Schulklasse gehen. Zum Abschied sage ich ihnen, wo ich wohne, damit sie zu mir kommen können, wenn sie mal die Hilfe einer Spielplatzpatin brauchen.

Leicht verwundert, wie rasch Spielplatzpatenhilfe nötig werden kann, öffne ich nur wenig später dem älteren der beiden Jungen auf sein Klingeln die Haustür. Schnell kommt er zur Sache. Er habe im Gebüsch des nahe gelegenen Gymnasiums 13 Ampullen mit brennbarem Material gefunden. »Da wollte bestimmt jemand die Schule anzünden«, beschließt er leicht aufgeregt seinen Bericht. Insgeheim muss ich über so viel blühende Fantasie lachen. Meine Lust, hier tätig zu werden, ist dennoch gering. »Dafür bin ich nicht zuständig«, will ich deshalb spontan antworten. Doch bevor der Satz raus ist, weiß ich, dass dies das Dümmste ist, was ich in dem Moment diesem engagierten Jungen sagen kann. Also versuche ich erst einmal, Zeit zu schinden und bitte ihn, mir die Ampullen in einer Plastiktüte zum Anschauen zu bringen. Über die Länge und den Umfang der angeschleppten Flaschen mit ganz merkwürdigen, mächtigen Verschlüssen bin ich tatsächlich verwundert. »Schaum für Pistolenanwendung« steht auf dem Etikett. »Für Pistolenanwendung«, dieser Hinweis lässt meine inneren Alarmglocken schrillen. Ein Nachbar hat angeblich mal einen Russen mit Pistole im Halfter auf dem ansonsten leeren Spielplatz gesehen und die Polizei alarmiert. »Dies ist eine Nummer zu groß für mich«, stelle ich bei mir fest, gehe ans Telefon und wähle entschlossen die 6340. Die Polizeileitstelle meldet sich sofort und ich berichte, was es zu berichten gibt. Insbesondere betone ich die Formulierung »für Pistolenanwendung«. Auch der Beamte ist im ersten Moment ratlos, doch dann lacht er, lacht immer herzlicher. Ich ahne nichts Gutes. Dies seien vermutlich Kartuschen mit Dichtungsmasse, die zur Befüllung von so genannten Pistolen für Fugen aller Art benutzt würden, erklärt er mir amüsiert. »Dies ist definitiv kein Fall für die Polizei«, beendet er immer noch schmunzelnd unser Gespräch.

Stark gedämpft in meinem Tatendrang und nicht ganz glücklich über 13 Flaschen, die unseren begrenzten Kellerplatz noch weiter einschränken, tröste ich mich letztendlich mit dem Gedanken, zwar nichts für den Spielplatz getan zu haben, dafür aber jetzt das Vertrauen eines Jungen zu besitzen, dessen Interesse für den Spielecontainer klein, aber für seine Schule und die Umwelt groß ist. Ich hoffe und fürchte zugleich, dass er mich noch vieles lehren wird.

Na, da ist doch die Alte!

An »meinen« Spielplatz, den ich damals noch als einzige Patin betreute, grenzt ein kleiner plattierter Platz. Auf ihm standen bis vor wenigen Jahren zwei Tischtennisplatten aus Beton. Tischtennis wurde hier nur selten gespielt, dafür aber ließen sich auf den Platten neben rauchenden, manchmal trinkenden Schülern und Scharen von Mopedfahrern, Erwachsene vieler Nationalitäten nieder, die spätnachmittags wie nachts mit Bus, Bahn oder Auto aus der Innenstadt vorfuhren, um häufig bis in die tiefe Nacht zu feiern. Ja, das war so üblich hier. Und ebenfalls üblich war es, Schnapsflaschen zu leeren, »Stoff« zu verkaufen, Flaschen zu zerschlagen, Kippen und sonstigen Abfall gezielt am Mülleimer vorbei in die Büsche zu werfen und bei den Müttern und Kindern auf dem Spielgelände ebenso wie bei den Anwohnern ein wenig Besorgnis, manchmal auch ein wenig mehr, hervorzurufen. Nachts zogen die Betrunkenen dann gerne auf den Spielplatz um, hinterließen auch hier ihre Scherben, montierten an den Geräten herum und grölten durch die Nacht.

»Wie kann ich diese Ecke uninteressant machen?«, überlegte ich so manches Mal. »Was ist zu tun, um den Ruf dieses lauschigen Plätzchens zu ruinieren?« Oder einfach gefragt: »Was meiden diese unerwünschten Personen so sehr wie der Teufel das Weihwasser?« Dann kam ich drauf: So wie die Drogen-Szene den Theaterplatz in der City »besetzt«, muss auch hier der Raum belegt und beansprucht werden. Außerdem schreckte die unerwünschten Personengruppen vermutlich alles, was gut bürgerlich war und im schlimmsten Fall nach stockkonservativ roch. Ja, das war die Lösung! Doch ich alleine konnte mich nicht tagelang auf dem Platz ausbreiten. Mit guter Bürgerlichkeit konnte ich schon eher aufwarten. Ein bisschen konservativ war ich auch. Einmal wollte ich deshalb meine Wirkung ausprobieren, diesen Treff- und Feierort durch meine Anwesenheit unattraktiv zu machen.

Gesagt, getan. An einem Sommernachmittag erklärte sich ein Mädchen aus meiner Bekanntschaft notgedrungen bereit, mit mir für ein Weilchen den Schläger auf einer der Platten zu schwingen. Nachdem ich zunächst kleine Berge von Unrat auf und um die Platte herum mit einem Besen zur Seite geschoben hatte, ging es los. Zunächst blieb alles ruhig. Nur das Klack, Klack der Schläger war zu hören und ab und zu musste ich in die stacheligen Büsche klettern, die den Platz umgaben, um den kleinen weißen Ball wieder herauszufischen. Dann hörte ich Stimmen, Stimmen von einer Gruppe älterer Schüler. Ohne sie zu sehen, denn sie standen in meinem Rücken, hörte ich einen von ihnen bedauernd sagen: »Oh, schon besetzt!« Drei Teenagerjungs und zwei Mädchen schoben ihre Fahrräder an dem kleinen Platz vorbei, nun erneut auf der Suche nach einem lauschigen Örtchen. Dann kehrte wieder Ruhe ein. Je länger die Ruhe andauerte, desto unruhiger wurde ich. Meine Spielpartnerin hatte ganz sicher nicht ewig Lust, den weißen Ball ständig aus dem Dreck zu fischen und ich eigentlich auch nicht. Doch dann tauchte ein Mopedfahrer auf – offensichtlich ein Kundschafter. Von dem Weg, der an diesem Platz vorbeiführt und eigentlich nur für Fußgänger erlaubt ist, sah er zu uns hinüber, überlegte erkennbar und zog dann leicht verärgert ab. Ich stellte fest, dass ich erleichtert und von meiner abschreckenden Wirkung angetan war. Und dann kamen die, die ich nicht auf diesem Spielplatz haben wollte – ein junger Mann und zwei junge Frauen. Die Schnaps- und Bierflaschen hielten sie bereits in den Händen. Sie zögerten – trotz meiner gut bürgerlichen, konservativen Aura! – leider nur einen Moment, dann ließen sie sich auf der zweiten Tischtennisplatte nieder oder richtiger, sie legten sich nieder. Demonstrativ drehten sie uns den Rücken zu und unterhielten sich lautstark. Sehr wohl fühlte ich mich nicht in meiner Haut und »mein« Mädchen vermutlich auch nicht. Wortlos spielten wir weiter. Eine Auseinandersetzung in Gegenwart der 14-Jährigen hatte ich nicht vor, mal abgesehen davon, dass ich mich nicht mit diesen alkoholisierten jungen Erwachsenen anlegen wollte.

Irgendwann hatte der junge Mann seine »Pulle« leer getrunken. Mit der Flasche in der Hand hob er den Arm. Während er einen Moment verharrte, hielt ich vor Spannung fast den Atem an: »Was macht er jetzt damit?«, fragte ich mich. Dann zielte der Mann und warf die Flasche – zu meinem größten Erstaunen – in den etwa 1,5 Meter vor ihm stehenden Mülleimer! Erstaunt waren offensichtlich auch die ihn begleitenden »Damen«. Eine von ihnen machte den Mülleimernutzer mit grober Stimme an: »Eiii! Mann! Seit wann mach`ste das denn?« Worauf dieser beleidigt antwortete: »Na, da ist doch die Alte.« Ich war empört! Und ich war amüsiert! Empört über die abfällige »Alte«, amüsiert über den Respekt, den dieser Mann unerwarteterweise vor mir hatte. Nicht nur ich scheute eine Auseinandersetzung mit ihm, sondern offensichtlich auch er ein Wortgefecht mit mir.

Meine Enttäuschung über meine nur geringe Abschreckungswirkung auf dubiose Gestalten hätte ich mir sparen können. Was ich damals nicht einmal ahnte, war, dass Wochen später das Grünflächenamt, auf meine vielfachen Hilferufe hin, dem Spielplatz tatsächlich zu Hilfe eilen würde. Es war an einem Dienstagvormittag, als zwei ziemlich große LKW mit zwei schweren Kränen vorfuhren. Sie hoben die Tischtennisplatten in die Höhe und auf die Laster, um sie auf einem anderen Spielplatz wieder abzuladen und die dortigen Nutzer damit vielleicht wirklich glücklich zu machen. Unser Spielplatz aber hat seitdem ein großes Problem weniger.

Und selbst ich hatte nach diesem nicht unbedingt erfreulichen Nachmittag meine persönliche Wiedergutmachung: Eine Woche, nachdem ich abfällig als Alte bezeichnet worden war, erzählte ich einem vielleicht 50-jährigem Mitarbeiter des Grünflächenamtes von dem Vorfall. Als ich an die Stelle kam »Und dann sagte der junge Mann: Na, da ist doch die Alte!«, runzelte mein Zuhörer die Stirn und fragte sichtlich irritiert: »Welche Alte??« Wie musste ich daraufhin lachen! Erst nach einer kleinen Weile konnte ich hervorprusten: »Na, ich!«

Das Stresskind

»Ich bin ein Stresskind«, sagt leise, aber deutlich der 15-Jährige, der vor mir steht. Er hat Jeans an, die er nur halb anhat. Das Einzige, was er mit seiner Hose vollständig bedeckt, sind seine Hände, denn sie stecken tief in den Hosentaschen. Jetzt steht er breitbeinig da, mit weißem Sweatshirt, Turnschuhen und Käppi, schaut mich an und wartet auf meine Antwort. Und ich, ich muss erst einmal überlegen, was das heißt »Stresskind«. Und ich weiß, dass ich jetzt gefordert bin, das Richtige zu sagen und zu tun. Doch noch überlege ich, schaue ihn ebenfalls an und erinnere mich:

Vor etwa einer Stunde, also gegen 21.00 Uhr an diesem Samstagabend, ging ich über die Straße zu unserem Auto, weil ich Essbares einkaufen wollte. Als ich routinemäßig aus der Ferne einen Blick auf den angrenzenden Spielplatz warf, sah ich, dass zwei Jungen die Seilbahn strapazierten. Seilbahn fahren ist schön, das weiß ich von meinen heimlichen Fahrten nach Anbruch der Dunkelheit. Mit der Seilbahn zu toben allerdings muss noch viel schöner sein. Aber, ja hier gibt es ein Aber, die Seilbahn ist weniger robust als viele meinen. Im Sommer musste sie so oft repariert werden, dass das Grünflächenamt mich warnte, die Seilbahn würde abgebaut, sollte sie zu teuer werden. Seitdem bitte ich, die Spielplatzpatin, alle wüsten Jungs, mit ihr so umzugehen, als sei sie die kleine Schwester.

»Ist gut«, nickten auch diesmal die zwei Jugendlichen. Ihr Verständnis freute mich und so war ich mit mir und der Welt im Frieden bis nach meiner Rückkehr vom Geldausgeben. Als ich erneut routinemäßig aus der Ferne einen Blick auf den angrenzenden Spielplatz warf, sah ich, dass zwei Jungen die Seilbahn strapazierten. Während ich auf die Teenager zuging, erkannte ich sie wieder: »Hatten wir das Thema nicht schon?«, rief ich aus einiger Entfernung. Der größere der beiden kam mir bereitwillig entgegen. »Das vorhin, das war mein Zwillingsbruder!«, versuchte er mir weiszumachen. Ich lachte. »Einen Zwillingsbruder hab ich auch, aber der sieht nicht so aus wie ich. Er ist darüber sogar froh.« Jetzt lachte selbst der Teenager. »Wann müsst ihr denn nach Hause?«, wollte ich von den Zweien wissen, schließlich dunkelte es stark. »Ich wohn im Waisenhaus«, sagte der ältere. Ich versuchte, nicht überrascht zu sein: »Gibt es niemanden, der dir sagt, wann du zurück sein musst?«, wollte ich wissen. »Ja klar, doch!«, der Teenager lächelte leicht verlegen. »Aber ich hör einfach nicht drauf. Ich bin ein Stresskind«, sagte leise, aber deutlich der 15-Jährige, der jetzt vor mir steht. Und ich weiß, dass ich nun gefordert bin, das Richtige zu sagen. Und deshalb schaue ich ihn an und überlege.

»Stresskind, was heißt das? Machst du Stress oder machen andere Stress?«, ich kenne die Antwort zwar, doch ich will sie von ihm selbst hören. Da ihn meine Frage nicht froh machen wird, lege ich in meine Stimme so viel Freundlichkeit, wie mir das möglich ist. »Ja, also, ich mach Stress«, dieses Bekenntnis kommt ihm nur zögernd von den Lippen. »Gibt es denn jemanden, zu dem du Vertrauen hast und mit dem du deine Probleme besprechen kannst?«, frage ich weiter. »Nein«, schüttelt der Teenager seinen Kopf. »Doch! Ihn!«, fällt dem Fünfzehnjährigen ein und er deutet auf seinen Freund, der bisher stumm dabei gestanden hat.

Jetzt schaue ich mir erstmals den zweiten Jungen an. Er ist einen Kopf kleiner als der andere und vermutlich so um die 13 Jahre alt. »Mmmhh, ein Stresskind, ein Leben im Waisenhaus, nur ein einziger Vertrauter und der ist vielleicht 13 Jahre alt. Keine solide Basis für einen guten, geschweige denn einen einfachen Start ins selbstständige Leben«, denke ich. »Und vermutlich ist auch seine Schulsituation nicht die beste, vorsichtig gesagt.« Bei diesem Gedanken angekommen, ist mein Ehrgeiz geweckt. Ich, die Nachhilfelehrerin, die schon einige Jugendliche in den sicheren Hafen eines Schulabschlusses gebracht hat, wird auch hier für Wunder sorgen. Das ist der Zeitpunkt, wo ich einen groben Anfängerfehler mache. Doch erst einmal stelle ich mich vor. Das gibt meinem Angebot einen seriöseren Anstrich. Ich erwarte gar nicht, dass das Stresskind mir seinen Namen sagt und so rede ich einfach weiter und entwickele eine Vision von einem Schüler, der auf einmal das zeigt, was er kann. Und das alles mit meiner Hilfe, für lau und ohne daraus nach Außen eine große Sache zu machen.

Ich bin noch bei meinem Angebot, da hält der Junge mir seine Hand hin und sagt: »Ich heiße Sven.« »Ach ja, richtig«, erinnere ich mich leicht überrascht an die guten Sitten. Jetzt starte ich erst recht durch, denn ich glaube mich auf dem richtigen Weg. Stattdessen ist es ein grober Irrweg. Überfälle mit gigantisch erscheinenden Hilfsangeboten machen wenig Freude, weiß ich heute. Ja, sie lassen jeden erst einmal das Weite suchen. Stumm steht Sven da, er sagt nichts mehr, stattdessen scheint er unruhig zu werden. Als ich eine kleine Pause mache, um kurz durchzuschnaufen, nutzt Sven den Augenblick um »Tschüss, wir müssen weg!«, zu rufen. Er packt seinen Freund am Ärmel und ist ziemlich schnell verschwunden. Und ich? Ich stehe da und wunder mich, dass meine Hilfe so wenig Anklang findet.

Seit dieser Begegnung halte ich Ausschau nach Sven. Ausgerechnet auf dem Weihnachtsmarkt entdecke ich ihn – Wochen später – wieder. Er drückt sich in einer Budenecke herum, habe ich den Eindruck und er sieht nicht gut aus – wie ein Obdachloser sieht er aus, nicht wie ein Waisenhauskind mit Ausgangserlaubnis. Und obwohl ich ihn eigentlich gesucht habe, habe ich jetzt Scheu, ihn anzusprechen – vielleicht, weil er mein erstes Hilfsangebot abgelehnt hat. Und so drücke ich mich an ihm vorbei, doch froh bin ich nicht und aus dem Kopf geht er mir auch nicht.

Wieder Wochen später klingelt es an meiner Haustür. Jeden habe ich erwartet, als ich öffne, nur nicht Sven und seinen Freund.

Im ersten Moment bin ich sprachlos und auch die Jungen stehen da und sagen gar nichts. Nur ihre Augen fragen schüchtern, ob sie willkommen seien. Ich weiß, dass die ersten Sekunden bei einer Begegnung die ehrlichsten sind. Hier wird noch nicht geschauspielert, noch nicht Freude gemimt, wo keine Freude ist, deshalb versuche ich blitzschnell umzuschalten: von sehr überrascht auf ehrlich erfreut. Und die Jungen glauben mir und folgen mir in die Küche. Während meine Augen das Küchenchaos abschätzen, ob es meinen zwei Gästen zugemutet werden kann, ist mein inneres Auge mit dem Chaos meiner Gedanken beschäftigt. »Was habe ich von dem Besuch zu halten? Kommen die Jungen, um mich zu treffen? Oder wollen sie unser Haus ausspähen, um irgendwann ungebeten vorbeizusehen?

Jungen ohne eine stabile Familie im Hintergrund sind leichter angreifbar und werden vermutlich schneller verdächtigt, irgendeine Untat begehen zu wollen«, verteidige ich die zwei vor mir selbst. Deshalb beschließe ich, mein Misstrauen zu begraben und biete Plätzchen und Saft an. Dafür ernte ich einen kleinen Lagebericht: Offensichtlich war das Stresskind einige Zeit obdachlos. Doch jetzt wohne er bei seiner Schwester, erzählt mir der 15-Jährige mit etwas Stolz und er gehe auch wieder zur Schule. Meine Erleichterung und Freude darüber freuen auch den Teenager. Während die zwei die Plätzchenpackung leeren, unterhalten wir uns so, als ob wir uns schon länger kennen würden. Am Schluss reichen mir beide die Hand und sagen höflich »Danke«. »Wir kommen mal wieder, ja?«, wendet sich das Stresskind fragend halb an seinen Freund und halb an mich. Der 13-Jährige nickt zögernd, doch ich sage, dass ich mich freuen würde. Das »Tschüss!« der zwei Jungen ist das letzte, was ich von ihnen höre. Die Freude, mich noch einmal zu besuchen, haben sie mir nicht gemacht.

Der Schlüssel zum Paradies

Wenn sich mir die Gelegenheit bietet, mal mit einem kleinen Menschen zusammen zu sein, nutze ich diese gerne. Viele Kinder wissen, wie ich, dass die Welt voller Zauber ist. Beispielsweise erkennen auch sie, dass unser Auto »Hallo« sagen kann – natürlich nur in seiner Sprache. Einmal den Autoschlüssel an bestimmter Stelle drücken und schwupp – das Auto blinkt – sogar zweimal, was »Hallo, hallo!« heißt. Will die automatische Glastür bei Aldi nicht aufgehen, obwohl ein Mensch davor steht, zwar nur ein kleiner, aber ein Mensch, dann hilft ein magischer Wink der erhobenen Hand, erkläre ich und sie glauben mir. Und sie hören zu, wenn ich erzähle, dass das grüne Männchen der Fußgänger-Ampel erscheine, wenn man alle seine Finger nacheinander berührt hat. Manchmal sei das Männchen sogar schon früher da und manchmal müsse man noch warten, aber nur ein klitzekleines Bisschen.

Doch bevor ein Kind und ich richtig ins Gespräch, vielleicht gemeinsam zum Spielen kommen, ist es nötig, sich etwas kennen zu lernen. Die Frage ans Kind »Ja, wie heißt du denn?«, kommt ganz schlecht. Zuerst muss ich mich selbst vorstellen und vielleicht noch erzählen, dass ich gerne schaukel oder gerne Eis esse – am liebsten Schokoladeneis – oder dass bei mir zu Hause drei Meerschweinchen wohnen – die Meerschweinmädchen Kiki und Minki und ein Meerschweinjunge. Der Junge heißt Luigi. Er kann wunderbar quieken und ist deshalb das Schweinchen für die Besucher.

Wie alt ein Kind schon ist, erfahre ich auch erst, wenn ich selbst bekannt habe, dass ich schon viele, viele Jahre, also uralt bin. Versichert mir das Kind daraufhin, dass es auch schon groß sei, weiß ich, dass es noch klein ist.

Kinder sind also meine liebsten Ansprechpartner und weil meine kleinen Mädchen jetzt schon groß sind, also richtig groß, muss ich mich auf dem Spielplatz umtun, um mich mal wieder mit einem Drei-, Vier- oder Fünfjährigen zu unterhalten.

»Bagga, Bagga«, ein empörter kleiner Mensch von vielleicht zwei Jahren kommt auf mich zu, als ich an einem Nachmittag den Spielplatz betrete. Den kleinen Arm streckt er Richtung Spielecontainer und es ist klar, dass er mir soeben den Auftrag erteilt hat, dieses Kinder-Paradies aufzuschließen. Neben Baggern lagert die Stadt hier alles, was ein kleiner, aber auch ein etwas größerer Mensch, zum Glücklichsein braucht … und das Beste ist, den Schlüssel zu diesem Paradies habe ich.

Aber wo? Siedend heiß fällt mir ein, dass ich dieses Teil kürzlich von meinem Schlüsselbund genommen habe. »Ich muss erst nach Hause und den Schlüssel holen, willst du mit?«, frage ich daher den Kleinen und freue mich auf ein paar Minuten mit diesem Kleinkind. Dieses zögert einen Moment, reckt dann sein Ärmchen und fischt nach meiner Hand. »Doch erst müssen wir die Mama fragen, ob du darfst«, erkläre ich ihm und drehe ihn Richtung Mutter. Diese sitzt mit anderen Müttern auf einer der Bänke und nickt jetzt lächelnd.

»Dann mal los. Wenn wir durch meinen Geheimgang

gehen, ist es nicht weit«, sage ich geheimnisvoll und mit gedämpfter Stimme zu dem Jungen. Mit den Fingern an den Lippen schleichen wir – weil geheimnisvoll so schön aufregend ist – einen Trampelpfad durch ein lichtes, aber hohes Gebüsch mit ein paar Bäumen. Nach etwa 20 Schritten stehen wir vor unserem Gartentürchen und laufen dann über den Rasen ins Haus. Mit einem Schlüssel, den ich für den richtigen halte, tauchen wir wenig später am Container wieder auf. Drei weitere Knirpse warten bereits davor, um das Öffnen nur ja nicht zu verpassen. Ich probiere den mitgebrachten Schlüssel, während fast der gesamte Spielplatz erwartungsvoll zuschaut. Doch ich habe Pech. Der Schlüssel weigert sich zu passen. Also noch einmal zurück ins Haus, diesmal – zu meiner Freude – mit vier kleinen Jungen. Mein Nachbar steht in seinem Garten und betrachtet die Jungenschar. »Alle meine!«, behaupte ich lachend mit einer Geste zu den vier Zwei- bis Vierjährigen. »Bei Ihnen wundert mich nichts mehr«, wundert mein Nachbar sich dennoch. Zurück auf dem Spielplatz wundern sich auch die sieben Mütter, als auch nicht einer der vier mitgebrachten Schlüssel bereit ist, das Vorhängeschloss zu öffnen. Doch ich gebe noch nicht auf und sämtliche neun Kinder auf dem Platz auch nicht. Sie alle wollen suchen helfen und laufen bereits los. Bevor ich im Geheimgang verschwinde, packt mich der Schalk und ich wende mich noch einmal kurz den sieben, jetzt gänzlich kinderlosen Müttern zu: »Sie kennen doch die Geschichte vom Rattenfänger von Hameln?« Die entsetzten Gesichter machen mir klar, dass hier der Spaß aufhört. »Ich komme wieder«, tröste ich sofort und dann muss ich mich beeilen, denn ich habe den Verdacht, dass die Neun bereits mein Haus gestürmt haben und womöglich auseinandernehmen.

So ist es dann auch: Neun kleine Jungen und Mädchen muss ich im ganzen Haus zusammenklauben, denn ein Schlüssel kann ja überall sein. Und so beschließe ich, das nächste Mal wieder bescheiden zu sein und mich mit den Kindern zufrieden zu geben, die mir wirklich gehören.

Den Schlüssel haben wir an dem Tag nicht mehr gefunden, doch glücklicherweise gibt es noch drei weitere Spielplatzpatinnen mit je einem Schlüssel zum Paradies.

Halloween, die Nacht, in der die Geister das Fürchten lernen

Erst am Abend, als ich nach einem ermüdenden Einkauf vor unserem Haus aus dem Auto stieg und unvermutet drei Geistern gegenüberstand, fiel mir siedendheiß ein, dass heute Halloween »gefeiert« werden würde. Die drei Teeniemädchen mit ihren weiß geschminkten Gesichtern und schwarz aufgemalten überdimensionierten Zähnen erhielten gerade von unserer Nachbarin Schokolade. »Gib Süßes, sonst setzt's Saures« – so oder so ähnlich lautet doch der Spruch, mit dem die Schreckgestalten der Halloween-Nacht Süßigkeiten an den Türen einfordern, erinnerte ich mich leicht verärgert. Sorge um Haus und Garten spürte ich jedoch erst in mir aufsteigen, nachdem ich im Geiste den Inhalt unseres Plätz-

chen- und Schokoladen-Schränkchens überprüft hatte
und feststellen musste, dass der Vorrat so spärlich war,
dass damit keine ungemütlichen Halloween-Gestalten
zu besänftigen waren. Leider wusste ich zu gut, dass ich
für den Schokoladenschwund gesorgt hatte.

Jetzt half nur noch ein Stoßgebet, dass zumindest die
Eierwerfer dieser Nacht an unserem Haus vorübergehen
mögen. Und so war es auch. Alles blieb ruhig. Alles war
friedlich. Auf dem Spielplatz geisterte zwar eine Gruppe
Schüler herum, ihr Lärm hielt sich jedoch in Grenzen
und ihr Unsinn – so hoffte ich – auch.

Es war gegen 23.30 Uhr, mein Mann drehte die abend-
liche Kontrollrunde im Haus und ich ging schon mal
zu Bett, als raue, laute Männerstimmen auf der Straße
meine Aufmerksamkeit von meiner 5-Minuten-Abend-
lektüre nach draußen lenkten. Die Männer hatten of-
fenbar die Schüler auf dem Spielgelände entdeckt und
pöbelten sie nun schon von weitem an. Die Aggressivität
der Stimmen war selbst durch das geschlossene Schlafzimmerfenster hörbar. Spontan riss ich das Fenster auf
und spähte in die Dunkelheit.

Im Lichtkreis einer Straßenlaterne sah ich ein paar
junge Männer stehen, zu denen weitere, aus der Grünanlage kommend, hinzustießen. »Das ist unser Revier!«,
rief einer von ihnen den Schülern zu. Seine Stimme war
so rau wie ein Reibeisen.« »Bleibt stehen!«, schrie ein anderer, weil die Jugendlichen sich vermutlich zu entfernen
versuchten. Blitzschnell überlegte ich, ob bzw. was zu tun
sei, sollte es da unten zu Handgreiflichkeiten kommen,
bei denen ich den Schülern nicht viele Gewinnchan-

cen einräumte. Ob ein »Brüll« von mir helfen würde? Durch die Nacht zu schreien und womöglich viele Nachbarn aus dem Schlaf zu reißen, dies war keine »Waffe« aus meiner »Waffensammlung«. Als jedoch ein Teil der Männer sich in Bewegung setzte, um den weglaufenden Jugendlichen hinterherzurennen, opferte ich – in der Hoffnung auf spätere Absolution – den Schlaf der Nachbarschaft: »Ääiiii!!« Die Nacht trug meinen Schrei nicht nur hinunter auf die Straße, sondern vermutlich durch die ganze Grünanlage. Die Gesichter der noch wenigen für mich sichtbaren Männer zuckten in die Höhe, ihre Augen suchten die dunkle Häuserreihe nach dem Rufer ab. Ich legte meine ganze Entschlossenheit und Empörung in die Stimme als ich weiterschrie: »Wenn ihr nicht sofort abzieht, dann hole ich die Polizei.« Diese uralte Drohung mit der Polizei klang selbst in meinen Ohren abgedroschen, doch ihre Wirkung war gigantisch. Ein vielstimmiges, raues, in meinen Ohren primitives Grölen erhob sich, was mir anzeigte, dass die Männer dieses Urgebrüll hier nicht zum ersten Mal erprobten. Diese Demonstration von Macht geriet in meinen Augen jedoch zum Witz, als ich sah, wie sich die Gruppe in kürzester Zeit sammelte und mit schnellen Schritten von der Grünanlage weg die Straße hinunter eilte. Einen Moment überkam mich noch die Angst, dass sie nun vor unserem Haus auftauchen und Randale machen würden, doch der Terror blieb aus.

Am nächsten Morgen drehte ich eine Runde über den nächtlichen Schauplatz und fand neben leeren Zahnpastatuben, deren Inhalt jetzt die Holzbänke schmückte, einen

Kinderausweis, der nass im Gras lag. Als Besitzer war der Name eines damals 15-Jährigen eingetragen, der mir aber unbekannt war. Das Telefonbuch zeigte zwar rund 20 Personen und Familien seines Nachnamens an, dennoch genügten ein paar Überlegungen, um bereits beim zweiten Anruf die Familie des Ausweisbesitzers am Telefon zu haben. Am Mittag saß der Jugendliche mir dann in der Küche gegenüber. »Als wir die Männergruppe kommen sahen«, so erzählte er, »haben wir gewusst, dass es jetzt gefährlich wird.« Sie seien geschlossen davongelaufen und hätten sich erst getrennt, als sie glaubten, in Sicherheit zu sein. Dann sei jeder von ihnen, darunter auch zwei Mädchen, auf direktem Weg nach Hause gegangen.

Halloween, das Fest am Vorabend von Allerheiligen, stammt eigentlich aus Irland, ist aber vor gar nicht so vielen Jahren von Amerika zu uns über den Atlantik geschwappt. Seine Überlebenschance als friedlicher Brauch scheint mir gering, wenn Halloween hier zur Nacht mutiert, in der selbst die Geister das Fürchten lernen.

Die Gang
Eine wüste Truppe

»Wir sind eine Gang!«, gab mir ein ziemlich runder, braunhäutiger Junge in bester Laune auf meine Frage Auskunft, wer sie – die zehn Jungen im Alter von etwa 10 bis 15 Jahren und das eine, noch jüngere Mädchen – seien.

Es war ein warmer, aber schon fortgeschrittener Sommerabend mitten in der Woche. Ich war noch einmal auf den Spielplatz gegangen, um zu schauen, was sich um diese Uhrzeit noch so lauthals auf dem Platz abspielte. Dort stieß ich unweigerlich auf die »Gang«.

Kinder im Alter der Gangmitglieder toben doch um diese Uhrzeit nicht mehr draußen herum, sondern sitzen zumindest beim Abendessen, wunderte ich mich immer noch etwas, als ein zweiter Junge dieser Gruppe stolz ergänzte: »Ja, und wir sind Zigeuner! Und wir sind ganz reich. Wir haben nämlich 2000 Euro!« Ich schmunzelte leicht erstaunt über das, was ich da hörte und sah mir deshalb diese Gang genauer an. Rundere und ganz schmale Jungen aus den verschiedensten Ländern des Orients standen vor mir. Einer schien mir dann doch etwas älter zu sein. Er stellte sich mir als Chef der Gang vor. Er sei es gewesen, der die Truppe von einer entfernten Straße, in der sie alle wohnen würden, bis hierher geführt habe, erklärte er mir bereitwillig. Mein stilles Erstaunen wurde von Minute zu Minute größer. »Und wann sollt ihr wieder zu Hause sein?«, versuchte ich das Gespräch auf die Eltern zu lenken. »Och, unseren Eltern ist das egal. Wir dürfen nach Hause kommen, wann wir wollen.« Ja, das konnte ich mir mittlerweile gut vorstellen. Je länger ich mir diese Kindergruppe ansah, die jetzt wieder wild und laut über die Spielgeräte herfiel, desto mehr hatte ich den Eindruck einer unkontrollierten, sich selbst überlassenen Kinderschar gegenüberzustehen, die Halt bei sich selber, der Gang, suchte.

Mein Bauch – und nicht mein Hirn – entschloss sich dazu, sich dieser Jungen etwas anzunehmen, um sie vielleicht ein wenig zu ihrem Vorteil und zu Gunsten des Spielplatzes zu lenken. Allerdings hatte ich keine Vorstellung, wie das aussehen könnte. Zum »Sich-Der-Gruppe-Annehmen« brauchte ich jedoch als Allererstes das Vertrauen dieser wilden Schar. Aber wie gewinnt, ja, verdient sich eine Mittelklassefrau wie ich das Vertrauen einer solchen Kinder- und Jugendgang? »Versuche es mal mit Entgegenkommen und viel Freundlichkeit«, schlug ich mir nach kurzem Nachdenken selber vor. Doch was konnte ich tun? Vielleicht trotz der fortgeschrittenen Spielplatzstunde den Betoncontainer mit den Spielgeräten, die die Stadt zum Ausleihen hier lagert, nochmal für die Gruppe öffnen?

Während ich den Schlüssel hervorholte, hoffte ich, dass sich jetzt niemand hierher verirre, der gerne Fragen stellt. Mir konnte ich meine Absichten und mein Handeln noch erklären, aber anderen Personen? Da war ich skeptisch.

Kaum hatte ich das Vorhängeschloss, das die zwei eisernen Flügeltüren des Containers zusammenhält, entfernt, rissen die Jungen auch schon die Türen auf und stürzten sich in einer Weise auf die Bagger, Fußballtore, Eimer und Schaufeln, wie ich das nur einmal in einem Fernsehfilm gesehen habe, als Schatzsucher die lange gesuchte Schatzkiste mit Gold endlich fanden. Wie diese Schatzsucher auf dem Gold, so lagen jetzt die Gangmitglieder auf den Spielgeräten und immer wieder auch zwei Jungen übereinander, um alle Spielgeräte im Griff zu haben. Dann zerrten sie die Teile aus dem kleinen Raum, warfen sie unter lautem Rufen in die Luft und sahen zu, wie diese wieder auf den Boden knallten. Dort ließen sie die Spielzeuge liegen und stürzten erneut zum Container, um das nächste Spielgerät herauszureißen. Neben anderem kam auch ein kleiner Stoffbeutel mit Murmeln zum Vorschein, den ein Junge jubelnd und rennend zu mir brachte. Auf seinem Rückweg zum Container verlor er ein paar Kugeln, was ihn wenig störte.

Ich rannte hierhin und dorthin und redete fast ununterbrochen auf die Gangmitglieder ein, um sie an der Misshandlung der Spielzeuge zu hindern, doch ich musste sehr schnell einsehen, dass ich die Situation nicht mehr unter Kontrolle hatte. Schreiend versuchte ich, die Kinder wieder um mich zu versammeln.

Knapp ein halbes Dutzend der Jungen kam nach einigem Zögern. Ihnen erklärte ich in meiner Not, dass ebenso wie ihre Gang einen Chef hätte, auch der Spielplatz einen Chef besäße – und der sei ich. Und ich forderte sie nun auf, die Spielgeräte zurückzuräumen, denn es sei ja schon spät. Leicht murrend zwar, aber immerhin, schleppten die Jungen die großen Plastikbagger, das Bobbycar und alles Übrige zum Container und warfen es einfach hinein. Dann sprangen sie wieder unter Indianergeheul auf die Schaukeln und tobten wie zuvor. Meine Vernunft bzw. mein Kopf hatte ernsthaft Sorge um das Inventar des Spielplatzes. Mein Bauchgefühl allerdings war nach wie vor ein gutes, hatte sogar ein gewisses Verständnis und auch Sympathie für diese Randalierer in Kleinformat, denn es war nur zu offensichtlich, dass sie nicht im Luxus aufwuchsen. Bevor die Gang schließlich doch nach Hause abzog, zeigten mir die Jungen und das eine Mädchen, dass sie Wert auf meine Bekanntschaft legten: Mit viel Mühe und Geduld versuchten sie, mir ihre Namen beizubringen, die Abdul, Jaffa, Emre oder ähnlich lauteten. »Kommt mal wieder!«, verabschiedete ich die Jungen und das kleine Mädchen betont freundlich, dennoch war ich nach wie vor zwiegespalten. Wie würde der Platz und wie würde ich diese zugewandte, aber strapaziöse Jungengruppe auf Dauer verkraften? Und wie sollte ich mich verhalten?

Solche Art von Sorgen hatten die Gangmitglieder offensichtlich nicht. Guter Laune kündigten sie an, dass sie vielleicht schon morgen!! wiederkämen. Und in noch etwas waren sich die Mitglieder einig: Hier sei es »cool« gewesen. Oder sagten sie »geil«?, ich weiß es heute nicht mehr. Dagegen weiß ich noch, was ich damals nicht wusste: Als die Gang den Spielplatz verließ, verließ auch das Murmelsäckchen das Gelände. Die Gang sah ich wieder, das Murmelsäckchen nicht.

Der Wedelraub

Wenige Wochen später saß ich mit meinen Töchtern am Küchentisch, von dem man aus Blick auf Teile des Vorgartens hat. Im Gegensatz zum Spielplatz leidet dieser immer wieder an Vernachlässigung. Einzig ein hohes Gras dankt die ihm entgegengebrachte Lieblosigkeit mit üppigen langen Wedeln.

Eines meiner Mädchen schaute offensichtlich aus dem Fenster... und rief plötzlich: »Du, Mama! Gerade hat ein Junge einen Wedel vom Wedelgras abgebrochen und mitgenommen. Daaaa! Schon wieder einer!!« »Moment, das haben wir gleich!«, noch im Rufen lief ich bereits zur Haustür hinaus. Ein Blick die Straße entlang genügte, um zu erkennen – wen wundert es – dass es die Gang war, die sich mit zwei Wedeln aus dem Staub zu machen versuchte. »Hey, Jungs!«, rief ich die Straße hinunter und nahm gleichzeitig die Beine in die Hand. »Bleibt stehen. Ich will mit euch reden.« Eine so flotte Verfolgerin und insbesondere, dass ich es war, hatte die Gang vermutlich nicht erwartet. Etwas zögernd stoppten sie ihre Flucht und schauten mir sorgenvoll entgegen. Leicht zornig stellte ich sie wegen der erbeuteten Wedel zur Rede. »Und außerdem habt ihr mir das Murmelsäckchen gestohlen!«, fügte ich noch hinzu. Mein Unmut war deutlich. Alle schwiegen, bis auf einen: »Das war der Abdul. Aber der ist jetzt nicht da!«, rettete der Sprecher seine Gangkumpels vor dem Vorwurf, mich gleich zweimal bestohlen zu haben. »Na, gut«, innerlich knirschte ich ein wenig mit den Zähnen. Da es sich hier um kleine Langfinger zwar, aber um Kinder handelte, beschloss ich, ihnen einen anderen Weg zum Ziel zu zeigen. Darum fuhr ich jetzt freundlich fort: »Warum habt ihr mich nicht gefragt, ob ihr einen Wedel oder ein paar Murmeln haben könnt? Vielleicht mag ich euch ja und schenke euch beides?« »Vielleicht mag ich euch ja«, diesem Satz kann sich kaum ein Kind entziehen, das immer wieder auch Ablehnung erfährt. »Vielleicht mag ich euch ja« – ein kleiner Satz mit großer Wirkung, denn jetzt erinnerten sich die Jungen daran, wie so etwas erfolgversprechend geht: »Können wir bitte einen Wedel haben?« Daraufhin zogen sie mit mir zu unserem Haus und warteten geduldig, bis ich die Wedel abgeschnitten hatte. Neunmal hörte ich das Wörtchen »Danke«.

Doch auch ein paar Murmeln hatte ich ihnen versprochen, leider, denn dieses Versprechen brachte mich ins Schwitzen. Wo die seit meiner Kindheit gesammelten, in den schönsten Farben leuchtenden Glaskugeln waren, wusste ich genau, doch wo bewahrte ich die Dose mit den Allerweltsmurmeln auf? In Windeseile durchsuchte ich das Haus und alle möglichen Kistchen und Döschen... . Nichts!

Und mir wurde wieder einmal klar, dass für alles, was man haben will, man auch etwas hergeben muss. Selbst ein positives Zeichen in Richtung von acht Kindern und einem Teenager ist nicht für »lau« zu haben. Ich musste also meine seit vielen Jahren gesammelten, wunderbar schillernden Murmeln hergeben. Ich schluckte, dann nahm ich das Glasgefäß mit den Kugeln und ging zu den Gangmitgliedern.

Ich glaube, dass ich mir an jenem Tag endgültig das Vertrauen der Gruppe erworben habe. Und auch die Gruppe hatte vielleicht eine für sie neue, positive Erfahrung gemacht. Die Gang jedenfalls zog fröhlich mit Kugeln und Wedeln davon. Sie hinterließen ein gerupftes Wedelgras, eine stark geplünderte Murmelsammlung und eine Spielplatzpatin, die dieses materielle Desaster noch weniger vernünftig begründen konnte als die Spielcontainer-Aktion bei unserem ersten Treffen.

Zum letzten Mal traf ich die Gang an einem lauen Frühlingsnachmittag. Es klingelte an der Haustür. Als ich öffnete, standen sie alle da, vom Gangchef bis zum kleinen Mädchen. Mit erwartungsvollen Gesichtern schauten sie mich an. Als ich sie staunend begrüßte, strahlten sie und ihr Chef erklärte mir: »Wir waren jetzt lange nicht auf dem Spielplatz. Darum haben wir uns auch lange nicht gesehen. Deshalb wollen wir Ihnen »Guten Tag« sagen.« Ich war einen Moment sprachlos angesichts dieser Besucher. Zugleich suchte ich nach einer ähnlich freundlichen Geste ihnen gegenüber. Als Mutter und Hausfrau fiel mir nur das Übliche ein: »Wollt ihr was trinken? Ich habe auch Plätzchen«, doch der Gangchef lehnte ab. Nein, sie wollten wirklich nichts. »Was haltet ihr von einem Foto? Ein Foto von uns allen zusammen?«, ich war froh, dass mir diese Idee als Dank für ihren Besuch eingefallen war, doch der Gangchef hatte Bedenken. Er zog mich auf die Seite und flüsterte mir warnend zu: »Aber wir sind alle Ausländer! Nur Ausländer sind wir!«

Wenn ich ab und zu das Foto von jenem schönen Frühlingsnachmittag in die Hand nehme, schaue ich mir alle an, den Gangchef und das kleine Mädchen, Emre, Abdul, Jaffa und die anderen und mir wird klar: Ich war gerne mit ihnen zusammen – obwohl oder gerade weil sie Ausländer waren oder einfach nur, weil wir uns mochten.

Von Eitelkeiten und Ablenkungsmanövern

Dumm sind sie nicht, meine jugendlichen Pappenheimer auf dem von mir mitbetreutem Spielplatz.

Wenn die Teenagerjungs und ebenso die Mädchen auf der Rückenlehne der Bank sitzen und ihre Füße auf der Sitzfläche abgestellt haben, in ihren Fingern es verdächtig glüht und glimmt oder sogar ein Fläschchen Hochprozentiges irgendwie in ihre Hände geraten ist und ich, die Spielplatzpatin, tauche plötzlich auf dem Spielplatz auf mit Kurs in ihre Richtung, dann ist bei ihnen stummer Alarm. Blitzschnell finden sich die Zigaretten auf dem Boden vor der Bank wieder. Auch die Alkoholika haben urplötzlich keinen Besitzer mehr und stehen verwaist hinter der Bank. Nur die Popos und die Füße parken weiterhin da, wo sie parken, denn dieses »Vergehen« ist eines, was bei der Spielplatzpatin nicht so lauten Protest auslöst. Und in der Tat, nach kurzer Begrüßung »Hallo Jungs und Mädchen!«, und einer Anfangsfrage: »Na, habt ihr Späßchen?«, komme ich schnell zum springenden Punkt: »Ich gönne euch eure Späßchen hier auf dem Spielplatz, aber ihr wisst ja, dass dies die Bank ist, auf der bevorzugt die Mütter mit ihren kleinen Fuzzis sitzen. Und wenn ein Fuzzi sich einen eurer Glimmstengel, die hier rund um die Bank liegen, in den Mund schiebt, was ich schon gesehen habe, dann ist das pures Gift, an dem das Kleinkind im schlimmsten Fall sterben kann.« Ich blicke in die Runde. Die Gesichter der Jungen und Mädchen zeigen alle Reaktionen - von Verständnis über Langeweile bis hin zu Desinteresse. So komme ich nicht weiter, das weiß ich schon länger. Also muss eine Geschichte her, die meine Botschaft etwas besser transportiert als mein einfacher Protest. Aber welche? Zum Thema Gefahren des Rauchens erzähle ich immer mal wieder meine Geschichte »Jeden Tag ein kleines bisschen Gift«. Geht es um achtlos oder bewusst weggeworfenen Abfall auf den Boden oder in die Sandkästen, hole ich meine

»Ratte-Mensch-Geschichte« hervor. Und das Zimmer der Jugendlichen, das elternfreie Zone ist, berichtet von der unberechtigten Besetzung durch die Eltern, ähnlich der Besetzung des Spielplatzes zu Ungunsten der Kinder.

»Kennt ihr schon meine Geschichte…?« Und dann erzähle ich stolz. Und ich erzähle stolz, dass ich »Meine wahren und nur manchmal etwas unwahren Geschichten« schreibe.

Dumm sind sie nicht, meine Pappenheimer auf dem Spielplatz, und so machen sie sich meine Schwächen, meine kleinen Eitelkeiten zunutze. Ich bin gerade dabei, eine kleine Rede anzustimmen, da fragt ein Betroffener: «Können Sie uns eine Ihrer Geschichten vorlesen?« Ich zucke ein wenig zusammen und stoppe abrupt meinen Redefluss. Einen Augenblick lang horche ich den Worten nach, die ich gerade gehört habe. »Kann das sein…? Kann das wirklich sein, dass hier einem Pappenheimer meine Geschichten so gefallen, dass er mich von sich aus ums Vorlesen bittet?« Gerade schickt sich das warme Gefühl des Stolzes an, in mir hochzusteigen, als der Pappenheimer seine wahre Gesinnung verrät: »Hier, der hier«, und er zeigt auf einen anderen Pappenheimer, »der kennt noch nicht Ihre Ratte-Mensch-Geschichte. Erzählen Sie sie ihm doch mal.«

Ich brauche nur einen Wimpernschlag um zu begreifen: »Reingefallen, du wärst um ein Haar auf dieses Ablenkungsmanöver reingefallen«, ich geniere mich vor mir selber.

Meine Verlegenheit über eine Schwäche, die die Pappenheimer offensichtlich erkannt haben, breitet sich verräterisch als Röte in meinem Gesicht aus. Die Moralpredigt ist vorbei, jetzt stottere ich, denn ich weiß einen kleinen Augenblick nicht, was ich sagen soll. Schließlich und endlich hole ich tatsächlich eine Geschichte auf den Spielplatz und lese sie vor. Doch diese scheint schlecht gewählt, die Mädchen und Jungen hören gar nicht richtig zu.

Wie war das doch gleich? Hochmut - oder hier besser - Eitelkeit kommt vor dem Fall!